GRAN ANGULAR

Croquetas y wasaps

BEGOÑA ORO

fundación sm

La Fundación SM destina los beneficios de las empresas SM a programas culturales y educativos, con especial atención a los colectivos más desfavorecidos.

Si quieres saber más sobre los programas de la Fundación SM, entra en
www.fundacion-sm.org

LITERATURA**SM**•COM

Primera edición: abril de 2013
Décima edición: septiembre de 2023

Dirección editorial: Berta Márquez
Coordinación editorial: Paloma Muiña
Dirección de arte: Lara Peces
Ilustraciones de interior: Ricardo Cavolo

© del texto: Begoña Oro Pradera, 2013
© de las ilustraciones: Ricardo Cavolo, 2013
© Ediciones SM, 2017
Impresores, 2
Parque Empresarial Prado del Espino
28660 Boadilla del Monte (Madrid)
www.grupo-sm.com

ISBN: 978-84-675-9351-8
Depósito legal: M-14539-2017
Impreso en la UE / *Printed in EU*

Cualquier forma de reproducción, distribución, comunicación pública o transformación de esta obra solo puede ser realizada con la autorización de sus titulares, salvo excepción prevista por la ley. Diríjase a CEDRO (Centro Español de Derechos Reprográficos, www.cedro.org) si necesita fotocopiar o escanear algún fragmento de esta obra.

*Esta novela es para Lucas,
Jorge, Olivia e incluso Martín, de Yarza.
La croqueta es para Ignacio.*

¿Te has preguntado alguna vez qué quedará de ti cuando ya no estés?

Cuando murió, el padre de Unai dejó una consulta vacía con su nombre en la puerta, dos niños que ya no serían futbolistas y un misterio por resolver.

Cuando murió mi abuela, dejó un cuadro de unos pájaros a medio pintar, tres personas tristes y trece croquetas congeladas.

De lo del cuadro nos dimos cuenta enseguida. Llegamos del tanatorio y ahí estaba, sobre la mesa: el dibujo con los bordes de terciopelo negro que estaba coloreando. Encima, la caja de rotuladores. Fuera de la caja, un rotulador, el verde oscuro, destapado. Recuerdo que mi madre se acercó a la mesa, cogió el capuchón con una mano, el rotulador con la otra y lo tapó. El «clap» resonó en la habitación como la tapa de un ataúd que se cierra para siempre. Luego, el abuelo le quitó a mi madre el rotulador de las manos, lo colocó con mucho cuidado en el hueco de la caja que le correspondía, recogió la lámina, se la puso bajo el brazo y decidió que, desde ese momento, ese sería su nuevo hogar. Y mi abuelo empezó a pasearse por la vida con un dibujo a medio acabar como si fuera un termómetro.

Lo de las croquetas tardamos un tiempo en descubrirlo, y lo de la tristeza... Bueno, la tristeza fue posándose poco a poco, como una lluvia fina de esas que te van calando. Porque hay cosas de las que uno no se da cuenta hasta que pasa un tiempo. Son como esos mensajes que te llegan al wasap, y tú no te enteras, y se quedan ahí, esperando a ser leídos, con un mustio y solitario *check* verde. Hasta que te das cuenta.

Así estuve yo durante bastante tiempo, sin darme cuenta de que tenía un mensaje bien gordo delante, y el mensaje decía: «Clara, estás haciendo el imbécil».

Por eso escribo esta historia. Te cuento todo esto por si eres tan imbécil como lo fui yo. Por si te estás quedando al borde de la piscina cuando podrías tirarte de cabeza, cuando, de hecho, todo tu cuerpo te grita que te tires; pero tú, en vez de extender los brazos sobre la cabeza, te quedas a mitad de camino y te tapas las orejas con las manos.

Si no es así, te felicito. En ese caso, tómate esto como una vacuna. Nunca se sabe si la vas a necesitar.

Pero deja que te lo cuente desde el principio. Deja que te presente a la imbécil que fui yo y a un chico llamado Lucas...

Érase una vez...

PARTE PRIMERA
MALHERIDA

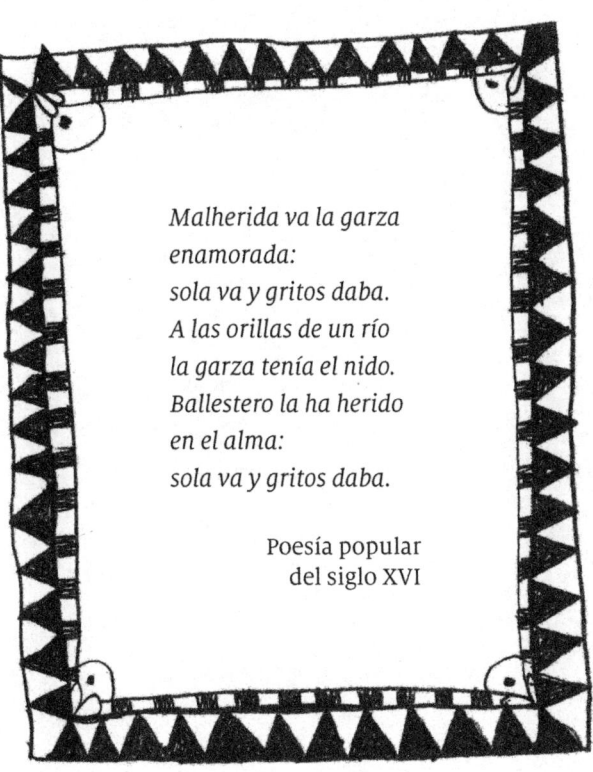

*Malherida va la garza
enamorada:
sola va y gritos daba.
A las orillas de un río
la garza tenía el nido.
Ballestero la ha herido
en el alma:
sola va y gritos daba.*

Poesía popular
del siglo XVI

1
~~IMBÉCIL~~ GUAPO

Al principio de esta historia hay una chica (yo) llamada Clara Luján Garza y un chico llamado Lucas Falcón. Al principio de esta historia, Clara es imbécil. Lucas...

Lucas se ha quedado justo detrás de la palabra «imbécil», pero Lucas no es imbécil. Lucas es... No, no, no. Intento describirlo y en mi cabeza aparece su cara y veo a cámara lenta cómo estira la comisura de los labios y ya está a punto de hacerlo otra vez y...

Lo hizo. Sonrió.

Lucas tiene una sonrisa desarmante.

Y algo más tendrá, sí. Pero cuando sonríe, eso es lo único que puedes ver: su sonrisa. NADA MÁS. Porque la sonrisa de Lucas es como una bomba, un arma defensiva que tiene un efecto inmediato: desarmar al enemigo.

Así que voy a neutralizar ahora mismo la imagen de Lucas en mi cabeza. Voy a taparle la boca con mi mano...

No, eso no es buena idea. Estoy sintiendo los labios de Lucas en la palma de mi mano, el calor de su aliento sobre el callo que me hizo la raqueta, la aspereza de esos tres pelos que le crecen en la mejilla, el aire que sale de su nariz sobre mi dedo índice, mi meñique rozando el hoyuelo de su barbilla, ese cálido aire otra vez... Así tampoco puedo concentrarme.

No, voy a ponerle una mascarilla en la boca. Ya.

Y voy a contarte cómo es.

Lucas tiene un pelo precioso, negro, brillante. Lucas tiene unos ojos... Lucas, no vale, otra vez estás sonriendo. Lo veo en tus ojos, en tus pómulos, aunque la mascarilla te tape la boca. Lucas también sonríe con los ojos, que son marrones tirando a verdes, o verdes tirando a marrones, según el día. Lucas tiene dos orejas...

Mira, te lo resumiré en tres palabras: Lucas es guapo. Y LO SABE. No hace falta escribírselo en verde fosforito en una pared.

Lo que no sabe Lucas es estarse quieto. Cuando no mueve el pie frenéticamente, dibuja garabatos en un papel, y cuando no dibuja garabatos en un papel, hace malabarismos con el boli sobre los nudillos. Lucas practica todos los deportes olímpicos y alguno que aún no han admitido en las olimpiadas. Lucas es un chico de acción.

Es difícil decir cómo es Lucas porque parece un poco enigmático. A Lucas a menudo hay que adivinarlo. Eso es algo que me atrajo a él sin remedio. Cuando se me presenta una adivinanza, tengo que resolverla. No puedo con los cabos sueltos.

Pero así, como un cabo suelto, había quedado la última frase que me había dicho Lucas: «No estoy preparado para... para... para...».

¿Para qué no estás preparado, Lucas? ¿Para quererme?

Se ve que quererme a mí requiere preparación. Pero querer a Lucas es diferente.

Querer a Lucas es fácil. Lucas es guapo y tiene una sonrisa desarmante. Lucas es como un paquete de chicles en la caja de un hipermercado.

Lo ves y lo quieres. Así, sin preparación.

2
PINTURAS DE GUERRA

Lo recordaré siempre. Descubrí que Lucas no estaba preparado para... para... para... el día que estrené pintalabios.

Habíamos quedado en el parque que hay delante de su casa. Yo estrenaba el gloss y Lucas estrenaba la pulsera de cuero que yo le había regalado el día anterior.

Estábamos los dos solos, en un banco que hay frente a los aparatos de ejercicio para abuelos.

«ACCIÓN», ponía en verde en uno de los bancos.

–Justo, de ese color –le dije a Lucas señalándole la pintada.

–De ese color, ¿qué?

–De ese verde fosforito son las pinturas que ha encontrado mi madre en casa. Un arsenal. Un montón de rotuladores y varios espráis de pintura como los que usan los grafiteros. ¡La bronca que me ha caído...! Mi madre está convencida de que son míos.

–Normal –dijo Lucas–. ¿De quién van a ser si no?

La pregunta de Lucas tenía la clásica aplastancia de un elefante con túnica griega. Porque en mi casa vivimos solo mi madre y yo.

Pero esas pinturas no eran mías. Yo, la única pintura que me había comprado era el gloss que estrenaba. Cuando me lo puse, antes de salir de casa, al sentirlo tan pegajoso sobre los labios, me acordé de mi abuela y de su Pegatón, unas pegatinas atrapamoscas que ponía en el pueblo. Se supone que en las pegatinas había no sé qué cosa que las atraía. Las moscas iban hacia la pegatina y, zas, se quedaban allí, pegadas para siempre. Fue acordarme del Pegatón e imaginarme a Lucas pegado a mí, Lucas mío para siempre, y ante el espejo se me puso sonrisa de araña.

Qué ilusa.

Más me habría valido pintarme los labios con Pegatón.

3
GLOSS

En el parque, el viento nos despeinaba y juntaba mis mechas de pelo con las de Lucas mientras yo le contaba la última versión de la muerte del padre de Unai. Esta vez, según Unai, lo que había sucedido es que a su padre le había dado un ataque de risa mientras veía una película y el ataque de risa acabó en ataque al corazón. Se notaba que Unai estaba de buen humor últimamente.

–¿Sabes que es verdad? –le dije a Lucas mientras me retiraba un mechón de pelo que se había pegado a mi brillo de labios.

–¿El qué?

Que el padre de Unai estaba muerto ya sabíamos que era verdad.

–Que hubo un hombre que se murió de un ataque de risa viendo una peli –le respondí.

Lucas no dijo nada, pero yo casi podía oír las ruedecitas y los engranajes girando en su cerebro, pensando en otra cosa. Lo malo es que no tenía ni idea de en qué pensaba. Y lo peor es que estaba claro que no pensaba en mí. Incliné la cabeza sobre su hombro, pero no pareció darse cuenta. Me puse a dar vueltas a la pulsera en su muñeca. Se oyó un ladrido.

–¿Me has oído? –le pregunté.

–Eh... sí, sí –respondió como ido.

–Era un otorrinolaringólogo de Dinamarca, el hombre que murió de risa.

Pena que no estuviera mi madre para oírme, con lo que le gustan las palabras largas. Un o-to-rri-no-la-rin-gó-lo-go de Di-na-mar-ca sería un novio perfecto para ella.

–Estaba viendo *Un pez llamado Wanda* –seguí–. ¿La has visto?

Pero Lucas no me respondió. Desde que había nombrado a Unai, él se había trasladado a otra galaxia. Nada que tenga que ver con Unai parece interesarle mínimamente. Lucas y Unai llevan practicando el deporte del desprecio desde niños.

—Me gustaría verla —dije intentando centrar la conversación en otra cosa.

—¿El qué?

—Me gustaría ver una película que es capaz de matar de risa a alguien —seguí con mi monólogo—. Pero lo que de verdad me gustaría es... —dije levantando los ojos hacia él.

En ese momento, en las películas, el chico deja de mirar al horizonte y las ruedecitas de su cerebro dejan de pensar en su moto o en lo que sea, y el chico se vuelve hacia la chica y la mira a los ojos y suena una música que te convierte el corazón en una esponja y del sol sale un rayo solo para los dos y la frase queda interrumpida para siempre por un beso. Pero aquello no era una película, y Lucas no se volvió hacia mí, y el viento seguía cortándome la cara y llevándome mechas de pelo a la boca, y había un perro histérico ladrando a otro perro en el parque, y a mí estaba a punto de darme una tortícolis de tanto girar la cara hacia Lucas; así que tuve que acabar yo solita la frase:

—A mí lo que de verdad me gustaría es que un chico «llamado» Lucas Falcón me diera algo «llamado» beso.

Entonces me incorporé para mirarlo mejor y concentré toda mi fuerza mental en mi boca y en el nuevo gloss. Desde mi cerebro, como quien pulsa el interruptor de una lámpara, di la orden de encender esos brillos, y ya me imaginaba que mi boca era como una guirnalda navideña de esas que se encienden y se apagan, se encienden y se apagan..., un neón irresistible donde pone: **bésame** ‹y se apaga› **bésame** ‹y se apaga› **bésame**...

Pero un chico llamado Lucas debía de estar con la cabeza en un país llamado Dinamarca, porque no veía las luces ni el brillo de mi gloss ni mi cara de perrillo esperando una caricia. Así que fui yo la que tuve que acercar mi cara a la suya.

Y cuando lo hice, cuando puse a prueba el poder adhesivo de mi gloss pegando mis labios a los labios de Lucas, a él le dio por hablar.

—No ee e...

Unos segundos después, cuando Lucas venció el poder adhesivo de mi gloss Pegatón y despegó sus labios de mis labios de araña fracasada, lo que dijo fue exacta y claramente:

—Que esto no puede ser, Clara. No estoy preparado para... para... para... —así, tres veces: «para... para... para...», y al final—: No puede ser.

Lo que no puede ser es que un chico pretenda dejarte cuando has decidido que será el primer y el último chico al que beses, y cuando lleva los labios llenos de gloss, de TU gloss.

Yo me quedé mirando su boca llena de puntitos brillantes, como de purpurina.

Tenía que parecer ridículo. Tenía que ser como para que te diera un ataque mortal de risa. Pero era Lucas Falcón y...

No, no, no.

Estaba a punto de hacerlo.

Primero esa chispa en los ojos. Luego, ese leve temblor en los labios, y al final...

Lo hizo.

Explotó.

Esa bomba, esa arma de destrucción masiva: la SONRISA en su cara.

Y yo cerré los ojos, como el 85% de las veces que le veo sonreír.

Ahí estaba. Don Sonrisa Desarmante con sus labios ridículamente llenos de gloss, de MI gloss, pidiéndome que le dejara en paz. Justo eso. Pidiéndome lo único que no podía darle: mi INDIFERENCIA.

4
ALBÓNDIGA DE PAPEL

Cuando llegué a casa y me escabullí a mi habitación para que mi madre no viera mi cara embadurnada de lágrimas y rímel, lo primero que vi fue nuestro dibujo.

Me lo había regalado Zaera tres días antes. Nos había dibujado a Lucas y a mí juntos, rodeados de corazones, pero no los típicos corazones cursis sino los corazones que hace Zaera, que son corazones en llamas, corazones de los que se tatuaría un marinero barbudo, corazones que parecen granadas de mano. Zaera va a mi misma clase, vive en mi misma urbanización y quiere a mi misma amiga, Pinilla. Zaera dibuja tan bien que no le hace falta hablar. Zaera no tiene lengua: tiene rotuladores.

En cuanto Zaera se enteró de que salíamos juntos, me regaló ese dibujo. Fue el mejor regalo que me habían hecho nunca. Era tan bonito que quise ponerlo en el salón. Pero mi madre se negó en redondo. En el salón de mi casa, y en el pasillo, y hasta en el cuarto de baño, no entra otra cosa que no sean los cuadros de Masoliver. Al parecer, Masoliver es un pintor buenísimo, o eso dicen. Yo lo único que te puedo asegurar es que es un paciente habitual de mi madre y un desastroso ahorrador, porque nunca tiene dinero y acaba pagando en cuadros.

A falta de un sitio más honorífico, colgué el dibujo de Zaera en mi cuarto, encima de mi mesa. Y de ahí lo saqué de un manotazo en cuanto llegué a casa tras aquel «no puede ser». Un trozo de celo quedó pegado a la pared.

Arrugué el dibujo, furiosa, hasta hacer una bola, y no contenta con eso, seguí estrujándolo como si me fuera la vida en reducir esa albóndiga de papel al tamaño de un guisante. Luego lo lancé a la papelera.

Ni siquiera acerté.

Doy pena.

Me quedé mirando la pelota compacta sobre la alfombra verde.

Suspiré. Me levanté. La recogí. La volví a extender con cuidado sobre la mesa y pasé la mano varias veces por encima para desarrugarla. Era inútil. Daba igual que pusiera aquel papel debajo del quinto libro de Harry Potter o bajo toda la saga. Jamás volvería a su ser. Hay marcas que se hacen de una vez para siempre. Y las arrugas de ese papel, las arrugas de mi rabia y mi pena, las arrugas de toda una vida deseando que alguien te quiera para que luego solo te quiera tres días no las habrían podido eliminar ni cien chutes de bótox ni una apisonadora de autopistas.

«No hay maravilla que dure tres días», dice mi abuelo. Siempre me había parecido una bobada de frase. Hasta ese momento.

Volví a estrujar el dibujo y lo tiré de nuevo. Esta vez encesté.

Que supiera tirar un papel a la papelera no significa que supiera reciclar. Para eso aún tardaría un tiempo. De momento no podía hacer otra cosa que sentirme un desecho, enlodazarme en la tristeza como un cerdo en el barro, mecerme con canciones que hacen llorar y exprimirme los lacrimales hasta dejarlos secos. El duelo lleva su tiempo. Que se lo digan a Unai, que lleva años en ello.

5
GARZÓN

Unai va a mi colegio desde pequeño, como Lucas, Pinilla, Magda o Natalia. Pero Unai es distinto. Él no me llama Luján. Tampoco me llama Clara. Me llama Garza.

Garza es mi segundo apellido, y el cuarto apellido de Unai es Garzón. Desde que lo descubrió de pequeño, en esa época en la que uno juega a soltar su nombre acompañado de una ristra de apellidos, nuestro saludo ha sido:

–Hola, Garza.

–Hola, Garzón.

Unai honra su apellido. Unai es bastante -ón. Es el doble que yo. Es inmenso. Grande, gordo y peludo. Unai es amigo nuestro, sobre todo desde este curso. Antes iba con Álex, pero Álex se cambió de colegio y este curso lo ha adoptado Marcos.

Sí, Unai va con nosotros aunque, ya lo he dicho, él es distinto. Es la nota de color de nuestro grupo. De color negro. Porque siempre viste de negro. No es que sea gótico ni nada de eso. Tiene sus motivos para ir de negro.

Aunque Unai va de negro, tiene las cosas muy claras, al menos respecto a mí y a Lucas. Pero se equivoca. Se equivoca porque no es neutral. Unai arrastra una antigua batalla con Lucas. No sé cuál fue el detonante, ni creo que lo sepan ellos mismos. Solo sé que no se pueden ni ver. Mi amiga Pinilla tiene una teoría sobre esto. En realidad, Pinilla tiene una teoría casi para cualquier cosa, *mariteorías* las llama (es que Pinilla se llama María), y las escribe en un blog que se llama *pinillismos*. La mariteoría que explica por qué Unai no traga a Lucas se resume en una palabra: envidia. A mí me encaja porque ¿quién no envidiaría a Lucas?

Por eso no me extraña que días después, cuando conté a mis amigos lo que me había pasado con Lucas, todo eso del «no puede ser», y mi gloss en sus labios, y su sonrisa desarmante, y la forma en que él se fue, como una adivinanza sin resolver, así sin más, y me dejó sorbiendo mocos y churreteándome la cara con ese mix de lágrimas y rímel, esa combinación negra y salada como chipirones en su tinta... Cuando les conté todo eso, a Unai no se le ocurrió otra cosa que soltar:

–Pasa de él, Garza. En una cosa tienes razón: Lucas sí es una adivinanza, oro parece, plata no es... Bien tonto es.

Y no contento con eso, añadió:

–Ese tío es más tonto que Abundio.

Me entraron ganas de mandarlo a la mierda (perdón).

«Ese tío» era Lucas. Y esa frase era de mi abuelo.

Y a mi abuelo no lo imita NADIE.

6
MÁS ANTIGUAS BATALLAS

«¡Jodó, este tío es más tonto que Abundio!».

Se lo habíamos oído decir a mi abuelo hacía unas semanas, nada más entrar por la puerta. Como para no oírlo. Mi abuelo no habla. Mi abuelo vocifera, y adereza casi todas las frases con un taco. De cada diez palabras que dice mi abuelo, una es un taco. Creo que por eso mismo, mi madre se ha esforzado en hacer que me sienta fatal cada vez que yo digo uno. En mi casa, los tacos son patrimonio exclusivo de mi abuelo. Nadie más puede decirlos. Por eso yo solo digo tacos cuando estoy muy MUY enfadada. Y aun así, nada más decirlos me entra la imperiosa y ridícula necesidad de pedir perdón.

Aquel día, Unai y Magda habían pasado a buscarnos a Pinilla y a mí. Estábamos en mi casa y, nada más entrar, el abuelo los recibió con aquella frase.

—Papá, habla más bajo —le dijo mi madre, avergonzada.

Creo que he oído esta frase en boca de mi madre no menos de seis mil doscientas veces a lo largo de mi vida. Y eso que mi abuelo no vive con nosotras. Lo que pasa es que, desde que murió la abuela, pasa la mayor parte del tiempo en casa. Ya se ha hecho el dueño del sofá, la manta y el mando.

De hecho, ahí estaba, sentado en el sofá, con la manta, ante el televisor. Llevaba una camiseta donde ponía: «LIBERA TU UREA». Encima de la mesa estaba el cuadro a medio pintar de la abuela que mi abuelo paseaba como quien pasea un perro.

—Si es que es tonto, joder —insistió el abuelo señalando a un concursante de la tele.

—¡Papá, habla más bajo! —repitió mi madre—. ¡Y no vuelvas a dejar la luz de la cocina encendida!

El abuelo, sin apartar la vista de la televisión, donde salía el-tío-más-tonto-que-Abundio, improvisó una nueva línea de defensa, o de ataque; no sé. La batalla entre el abuelo y mamá es más antigua aún que la de Lucas y Unai, tan antigua que resulta imposible saber quién la empezó.

−¿Cómo quieres que hable más bajo? Y que las vacas píen, no te jode...

A Pinilla, Unai y Magda les hizo mucha gracia, pero a mi madre no. Mi madre no encuentra nada gracioso al abuelo. Eso la distingue del 98% de la población.

−Es mi tono de voz −insistió el abuelo.

−Habló el barítono dramático −dijo mi madre.

«Barítono dramático», eso dijo.

Mi abuelo la miró como un águila a punto de lanzarse en picado sobre un conejo.

Mi madre puede llegar a ser muy repipi. Eso no tendría mayor importancia si no fuera porque el abuelo se pone frenético cada vez que oye una palabra que tenga más de tres sílabas o menos de cien mil entradas en Google, y si es esdrújula, ya ni te digo. Por algún misterioso motivo, mamá, que lo sabe, a la menor ocasión suelta ante él su mejor repertorio de esdrújulas y pedanteces. Entonces el abuelo se altera y mamá se enfada porque el abuelo se enfada. Llevan practicando este deporte desde que tengo uso de razón. Y no parecen cansarse. A mí, sin embargo, me AGOTA verlo. Es como ir de público al *tour* y seguir a los ciclistas corriendo durante toda una etapa. El 55% de las veces pierde mamá, el 37% pierde el abuelo, el 8% hay empate; nunca gana nadie. Pero da igual quién pierda. Yo solo sé que cuando el abuelo y mamá llegan a la meta, cuando dan por acabada la discusión o deciden que ya seguirán más tarde, ellos están tan frescos, y yo, que los he seguido a pie, no puedo con mi alma.

Recé porque, al menos esta vez, la etapa del *tour* entre mi madre y mi abuelo fuera corta.

Y lo fue.

Mamá, previendo el peligro en la mirada del abuelo, decidió retirarse. Pero antes de abandonar el salón me amenazó:

−Y tú y yo ya hablaremos luego.

−¿De qué? −pregunté alucinada. ¿Qué había hecho yo, además de seguir su discusión una vez más, con la lengua fuera?

−Tú sabrás.

El abuelo se levantó del sofá victorioso, se puso la chaqueta, se colocó el cuadro a medio pintar de la abuela bajo el brazo, me miró y, antes de irse, me guiñó un ojo. Creo que quería decirme algo así como: «Estoy contigo. Salva la especie. Tú eres la última Garza del planeta».

Mi abuelo aún no se ha dado cuenta de que yo solo me parezco a las garzas en que tengo el cuello muy largo. Pero no me sirve de nada. Yo no sé gritar. Yo no sé graznar.

Ahora ni siquiera puedo decir «jo...». Solo puedo llorar porque Lucas me ha dejado. *Forever alone*.

7
PECES

Mi amiga Pinilla está enamorada. Locamente. Desde que sale con Zaera, apenas le queda espacio en su cabeza para pensar en otra cosa que no sea él. Guarda un hueco del tamaño justo para sacar unas notas relativamente buenas, y otro hueco, para mi gusto un poco pequeño, dedicado a mí. Vamos, que no me hace tanto caso como quisiera. Pero se lo perdono: es mi amiga.

Desde su estado de la-chica-más-enamorada-del-mundo es difícil que me consuele. Sin embargo, algo hace. O lo intenta.

Pinilla iba conmigo al colegio, luego se cambió, y ahora volvemos a ir juntas. Además, vivimos en la misma urbanización y ha habido épocas en las que me costaba distinguir cuál era mi casa y cuál era su casa.

El otro día Pinilla, en su cuarto, o en mi cuarto, ya no lo sé, me pasaba la mano por los hombros y me dejaba llorar, y yo me desahogaba:

–Y encima, ahora mi madre está histérica porque se cree que me dedico a hacer pintadas. No veas la bronca que me echó por lo de los espráis. ¡Pero si no tengo ni idea de dónde han salido! La última pintura que me compré fue...

Me acordé del gloss. Pero no fui capaz de hablar de ello. No importa. Con Pinilla puedes dejar las frases a medias. Ella escucha igual. Le pasa como a mí: a veces escucha hasta lo que no se dice. Creo que es un poder que tienen los mentalistas y los amigos.

Pinilla me escuchaba mientras me iba pasando la mano por el pelo. Hasta para eso tiene una mariteoría. Ella cree que cuando acariciamos a alguien la cabeza mientras llora es para acompañar a las lágrimas, para que no se sientan tan solas. Y la manera («¡la manera física!», dice María) de acompañar a las lágrimas es deslizar la mano desde la cabeza, a la altura de los ojos, hacia abajo, en la misma dirección. Y a esto se le llama consolar, que es estar menos solo en la pena.

Sí, Pinilla me consuela. Pero también me dice que Lucas era imbécil, que es la manera pinillista de decir «ese tío es más tonto que Abundio». Y me lo dice así, en pasado: «Lucas ERA imbécil». No «Lucas es imbécil». Pero no es como si Lucas ya no fuera imbécil. Es como si Lucas ya no existiera, y no es eso lo que quiero oír. Lo único que quiero oír es: «No te preocupes, Luján. Lucas volverá contigo. ¿Dónde iba a encontrar una chica tan divertida, tan simpática, con tanto encanto como tú?». Y al oír ese «con tanto encanto» que debería decir Pinilla, yo sentiría que tengo el pelo más brillante y menos fosco; que mi nariz aguileña me da una personalidad que ya quisiera Natalia; que mis ojos, aunque marrones como los de... yo qué sé, ¿el 80% de los españoles?, pues que mis ojos marrones denotan una inteligencia superior y poseen una fuerza irresistible; que aunque no sea muy alta ni muy delgada, estoy tan bien proporcionada que da alegría verme. Y todo eso habría logrado Pinilla solo con decir esas palabras.

Pero no. Pinilla es mi amiga y escucha lo que no digo, pero no me dice siempre lo que quiero que me diga, y supongo que eso es lo que distingue a un buen amigo de un mentalista. Pinilla no me dijo que tengo «tanto encanto». Y dijo que Lucas es imbécil, peor, que «era» imbécil. Y que no estuviera triste (deberían prohibir decir esa frase a las personas tristes). Y también dijo: «Anda que no hay peces...», que es la frase de un cuento que leímos de pequeñas y que nos encantaba, de una pescadilla que se enamoraba de un besugo y se quedaba coladita por él, pero el besugo pasaba millas marítimas de ella y, al final, otro pez la convencía de que había más peces en el mar.

Pero yo no quiero saber nada de otros peces. Que los haya. Por mí como si los pescan a todos, por mí como si mueren asfixiados con una bolsa de plástico, por mí como si se envenenan. Como el padre de Unai. En la versión 26.1 y 26.2 de la muerte del padre de Unai.

8
LO RARO Y LO INFRECUENTE

La primera vez que me di cuenta de lo raro que era Unai fue cuando tuvimos que hablarle de él a Nerea. Cada alumno nuevo que ha entrado en nuestro colegio, desde Nerea hasta Zaera, ha pasado por un momento que nunca olvidará, algo así como «el momento de la revelación del extraño caso de Unai Hernán Sabina No-sé-qué Garzón».

Hasta entonces, hasta que tuve que explicarlo, me parecía tan normal.

Lo que hace raro a Unai no es que se muriera su padre. Que tu padre se muera cuando tienes cuatro años, más que raro, yo diría que es infrecuente. Y créeme, de eso, de frecuencias y probabilidades, algo sé, porque mi padre trabaja haciendo estudios estadísticos.

Aun así, que te suceda algo que no suele suceder a los demás, deja sus marcas.

Lo infrecuente suele llevar al aislamiento. Pero lo raro lleva directo al psicólogo.

De eso también sé. Mi madre es psicóloga.

Sí, mi padre se dedica básicamente a decir qué es lo NORMAL mientras mi madre se dedica básicamente a tratar con lo RARO. Mi padre juega al tenis y mi madre hace yoga; mi padre es cuadriculado y mi madre es redonda. Lo verdaderamente raro es que ellos mismos no se dieran cuenta desde el principio de que lo suyo no podía funcionar. Supongo que, cuando quieres a alguien, siempre tienes la esperanza de que las cosas funcionen. No, no es esperanza, es ilusión, algo que no existe en realidad, un espejismo. Y ahora que pienso en un espejismo, en una ilusión, ya me veo en un oasis tumbada entre palmeras con Lucas. He tomado la precaución de cubrirle la cara con un turbante de esos que usan los tuaregs y solo le veo los ojos y la nariz. Pero lo sé perfectamente. Sé que, debajo del turbante, me está sonriendo. Y ya no sé dónde estaba ni qué iba a decir...

Lucas...

Estás tan guapo vestido de tuareg. Y el sol de la tarde hace que la sombra de tus pestañas se refleje sobre tus pómulos. Y...

Cielos, estoy a punto de entregarme a mi propia fantasía romántica en el desierto con un beduino misterioso que oculta su sonrisa tras un turbante. ¿No es patético? ¿No es ridículo? ¿Es esdrújulo? ¿Es frecuente? ¿Es normal?

¿Qué opinas, papá? ¿Qué opinas, mamá?

¿Y tú? ¿Qué opinas tú?

9
CONSUELO DE TONTOS

Pasan los días, pero yo sigo igual. La otra noche soñé que Lucas me pedía que volviéramos. No estábamos en un oasis. Estábamos en un banco de mi urbanización y él no llevaba mordaza ni turbante ni mascarilla. Me decía: «Clara», y sonreía. Y entonces, como el gato de Cheshire, ese que encontraba Alicia en el País de las Maravillas, todo él iba desapareciendo poco a poco hasta que solo quedaba flotando en el aire su sonrisa desarmante.

Bueno, vale, Lucas no llegó a decir exactamente que quería volver conmigo. Pero por su forma de pronunciar mi nombre, estaba claro que eso era lo que me habría dicho si no llega a desaparecer. Además, es mi sueño, y lo menos que puedo hacer es recordarlo como a mí me dé la gana. Si ni en sueños Lucas es capaz de volver conmigo, ¿cómo va a hacerlo en la realidad?

No me engaño. O sí, pero sé que me engaño. Aún distingo los sueños de la realidad. Sé que fantaseo. No hay escenario que se me resista. Me imagino que Lucas me rescata, Lucas me abraza, Lucas me acaricia el pelo, Lucas me coge de la cintura de esa forma que me provoca un escalofrío desde la nuca hasta la rabadilla, Lucas se arrodilla ante mí, Lucas llora desesperadamente pidiéndome que vuelva con él, Lucas hace una pintada en verde fosforito que dice: «CLARA», y la pintada aparece en la urbanización enfrente de mi portal y Edgar, el portero, se niega a borrarla, o aparece en el colegio, junto al baño de chicas, y la ve todo el mundo, o está escrita con algas en ese mar lleno de besugos que se desplazan bobalicones formando un banco, pero mi besugo Lucas se aparta para venir a buscar a su Clara pescadilla...

Tengo que dejar de fantasear.

Cuando empiezo a creer que estoy mal de la cabeza de tanto pensar en Lucas, me acuerdo de Unai y me consuelo. Porque yo no sé qué porcentaje de personas abandonadas fantasean con volver con la persona que las dejó, y tampoco se lo pienso preguntar a mi padre. Pero seguro que son la mayoría. Yo diría que un 85%. Sí, más o menos el mismo porcentaje de personas que, habiendo perdido a un ser querido, piensan en él constantemente. Ahora, de ahí a inventar una versión nueva de su muerte casi cada mes, hay un buen trecho... Un trecho tan grande como el que pueda haber entre un cuadriculado analista estadístico y una psicóloga más bien redonda.

10
MIL MANERAS DE MORIR

Mi madre no ha tratado a Unai. Pero no me hace falta un diagnóstico profesional para saber que está para que lo encierren. Claro que a saber cómo estaría yo si mi padre hubiera muerto cuando yo era pequeña.

Cómo murió su padre es un misterio que Unai resuelve cada mes. Lo suelta como quien no quiere la cosa. Al principio, era casi cada semana. Con el tiempo, las explicaciones se han ido espaciando. Ahora que lo pienso, me doy cuenta de que las versiones cada vez se hacen esperar más, pero, a cambio, son cada vez más elaboradas.

Aún íbamos a Infantil cuando murió, y te juro que soy incapaz de decirte en verdad cómo ni de qué. Pero sí recuerdo dos de las explicaciones que inventó Unai por aquel entonces. Una era que su padre se había tirado en paracaídas y que un águila había picoteado la tela y había hecho un agujero tan grande que su padre había caído en picado. Tuve pesadillas con esta historia durante más de cien noches seguidas, sin exagerar. La otra era que estaba dentro de una pirámide cuando se desplomó una de las paredes. Creo que en esta versión influyó un poco que en clase estuviéramos haciendo un proyecto sobre Egipto.

Pero hasta en este caso, tan Indiana Jones, tan difícil de creer, Unai demostró ser bien listo. Su padre no murió por el ataque de una momia, ni víctima de una maldición. Las versiones de Unai tenían y tienen un límite, y ese límite está en lo que sus espectadores están dispuestos a creer. Las historias que inventa sobre la muerte de su padre son peliculeras, pero no del todo imposibles. Por ejemplo, el trimestre anterior al de Egipto, el proyecto fue sobre la Edad Media. Todo el día entre castillos, dragones, caballeros y campesinos. Pues Unai no se arriesgó a freír a su padre con la llamarada de un dragón. Éramos pequeños, pero no tontos. Eso no íbamos a tragárnoslo. Y Unai lo sabía.

Al final, Unai no es tan fantasioso. Está preso de la realidad. Y en su cárcel, el uniforme no es blanco y negro a rayas; es solo NEGRO.

Con el tiempo, la muerte del padre de Unai se ha contagiado de la realidad cada vez más. Cuando hubo un terremoto, la versión que dio Unai incluía las palabras «epicentro», «movimientos sísmicos» y «grados Richter». Cuando hubo un *tsunami*, el cuerpo del padre de Unai pasó a desaparecer. No habían encontrado su cadáver. Cuando leyó *Harry Potter*, se descubrió que todo fue un envenenamiento por picadura de serpiente. Bueno, eso fue en la versión 26.1. En la versión 26.2, lo habían envenado con acónito. Cuando a Unai le dio por ver *CSI*, se «reabrió el caso» sobre la muerte de su padre y hubo nuevas «pruebas de balística». La historia se llenó de polvitos que hacían aparecer manchas de sangre bajo una luz azulada.

El caso de la muerte del padre de Unai es como una de esas orquídeas de mi madre. Nunca puedes darlas por muertas. Cuando menos te lo esperas, sale un capullo. Y del capullo sale una nueva flor.

No hace falta ser un lince, ni siquiera un psicólogo, para decir que Unai no ha superado la muerte de su padre.

Bueno, VALE, igual yo tampoco he superado que me haya dejado Lucas. Pero al menos, en mi caso, si abres mi armario no sientes que te has caído en un agujero negro.

11
ALUBIAS A LA MARINERA

—Otra vez he tenido que apagar la luz del pasillo. ¿Es que soy la única en esta casa que sabe apretar los interruptores? —se quejó mi madre en la mesa.

El abuelo no respondió, cosa rara.

—A mí ponme poquísimo, mamá, por favor.

—No sé lo que te pasa últimamente, hija. No comes nada.

Mi abuelo, con la cuchara a la altura de la boca, me miró a mí, miró a mi madre y supe que estaba a punto de decir algo sobre lo gorda que está mamá. Pero a última hora se limitó a soplar sobre las alubias y no dijo nada. Algo estaba pasando. Mi abuelo jamás habría perdido una oportunidad como esta.

Es más, después de tragar la primera cucharada, el abuelo dijo:

—Cojonn... —y él solito se paró, antes de que yo tuviera tiempo de levantar la ceja, antes de que mamá le lanzara una de sus miradas de la patrulla antitacos, ¡y dijo!—: Riquísimas, hija. Te han quedado riquísimas.

Llega a decir «deliciosas» y voy a por el termómetro.

—Y baratas —dijo mamá mirando al abuelo muy seria.

No entendí a qué venía eso, pero me parece que él sí. Y debía de ser algo chungo, porque el abuelo bajó la cabeza y luego, como para cambiar de tema, me miró y dijo:

—¿No comes, moñaca?

No sabía en qué habría pillado mamá al abuelo, pero tenía que ser algo gordo.

—Come —insistió.

Pero yo no tenía hambre. No me entraba NADA en el estómago. Lo último que entró en mi boca fue ese «no ee e...». Y desde entonces no podía comer, no podía casi ser, no podía pensar en otra cosa que en Lucas.

Mi madre empezó a comer en silencio con la mirada clavada en el cuadro rojo de Masoliver. Pero al poco rato se puso otra vez a tiro del abuelo. Se ve que no puede evitarlo. En el fondo, es una yonqui de las pullas de su padre. Necesita su dosis diaria. Si no, le entra el mono. Y me dijo:

—A este paso te vas a quedar en los huesos, hija.

Miré al abuelo esperando a que dijera algo sobre los no-huesos de mamá, pero él lo único que hizo fue levantarse un momento de la mesa, quitarse la chaqueta y dejarla en la silla sobre el dibujo de los pájaros de la abuela, como abrigándolos.

—Menos calefacción y más alubias —sentenció—. Eso es lo que necesita este planeta.

Entonces me fijé en su camiseta. En la de ese día ponía: «ODIO LAS CAMISETAS NEGRAS». Era negra.

Ja. Si no fuera porque seguía enfadada con Unai por lo que había dicho de Lucas, le habría hecho una foto con el móvil y se la habría mandado. Porque es la camiseta perfecta para Unai, que no lleva otra cosa desde hace años. Lo increíble es que su madre le dejara desde tan pequeño. Supongo que es más fácil ser permisiva con un hijo triste. El caso es que ahora podría parecer casi normal que un chico vaya de negro, pero en Primaria no lo era. Incluso el día de la primera comunión llevó una camisa negra. Es el niño que todos los parientes señalan cuando ven la foto de grupo. Yo prefiero mirar al niño de la otra punta: Lucas, con su traje de marinero. Sale tan guapo... *Lucas de marinero... Se te ve tan apuesto junto al timón, o el mástil, o la orza, o la botavara, o lo que quiera que sea eso. Ahí, en la cubierta del barco, todo tieso, mirando al horizonte, por donde ahora mismo se pone el sol y salta un delfín... Anda, marinero, deja de mirar al horizonte y mira al suelo, que ahí, a tus pies como una colillita, hecha un lío en una red, estoy yo, está tu pescadilla boqueando. Y date prisa, que necesito que me desenredes rápido porque yo sola no sé salir de este lío rasposo de cuerdas y... Me estoy quedando sin aire.*

—Clara, hija, ¿se puede saber en qué piensas? ¿Quieres hacer el favor de comer?

Mi madre siempre ha presumido de «fomentar mi creatividad y estimular mi imaginación». En parte, creo que lo hace para fastidiar a mi padre, que siempre la ha acusado de tener demasiados pájaros en la cabeza. Pero por más imaginación que yo tenga, no hay forma de encajar una madre en una fantasía marítima al atardecer.

En esta casa no hay quien sueñe.

—Come.

12
LA SOLEDAD DE LA GRACIA SIN GRACIA

«¿Quieres que te siga el can? Dale pan».

Es otra de las frases de mi abuelo. De repente vino a mi mente como una mosca, haciéndome cosquillas. Por más que intentaba espantarla, volvía, volvía y volvía una y otra vez. Era de noche, y como todas las últimas noches, no podía dormir pensando en Lucas.

Igual no estaba todo perdido. La idea era sencilla: hacerme querer. No podía rendirme tan fácilmente. Si Lucas había estado conmigo, algo habría. Aún podía hacer que me quisiera. Sucede con la gente. Hay personas que se hacen querer. Sucedió con Zaera, que me cayó fatal al principio. Sucedió con Unai, que tardamos en darnos cuenta de que, además de raro, era divertido. A su modo. Sí, haría que Lucas me quisiera.

Solo me faltaba encontrar el cómo. ¿Cómo lograr que me quisiera? ¿Cómo lograr que me siguiera? La mitad de la respuesta estaba en el refrán de mi abuelo: «Dale pan».

La otra mitad me la dio Lahoz, el de mates.

—Quizá debería buscar ayuda, señor Falcón —le había dicho muy serio a Lucas al corregir sus ecuaciones.

Adivina quién es una maestra de las ecuaciones.

Me froté las manos bajo el edredón. Se me quedaron calientes. Como si hubiera agarrado un clavo ardiendo.

Ese sería el plan, y también el plan sin ele. ¿Lo pillas? El pan. Ji, ji, ji.

Ya, que no tiene gracia.

Tienes razón. Lo sé, me pasa a menudo. La gracia me pierde. Lo tengo comprobado: no hay peor brújula que el deseo de ser gracioso. La de veces que me habré quedado riéndome sola de cosas que solo yo he entendido, que solo yo he encontrado divertidas. Es como cuando le dije a Lucas aquello de un chico «llamado» Lucas y algo «llamado» beso. Y eso no te hace sentir más lista, solo más triste. Es muy triste reírse sola cuando intentas hacer reír a alguien. Las carcajadas suenan huecas. Y a mí no me gusta nada lo hueco. A mí me gusta lo macizo. Los macizos. Ja, ja, ja. No te ríes conmigo, ¿verdad? Te lo dije. A mí me pierde la gracia.

Es triste reírse sola. MUY TRISTE.

13
CEREBRO CARACOL

Al día siguiente, en vez de una mochila, sentía que llevaba a la espalda un *container* lleno de pisapapeles. Me arrastraba como un caracol con un rascacielos a la espalda. Me pesaban los párpados, me moría de sueño después de toda una noche espantando moscas imaginarias. Movía los pies automáticamente, izquierdo, derecho, sin pensar. Aún tenía legañas en el cerebro. Pero Zaera se despierta por las mañanas a pleno rendimiento.
 —Hay fiesta en el Maracaná el sábado, ¿vienes? —me preguntó, más fresco que una lechuga, nada más verme. Zaera es relaciones públicas del Maracaná.
 Salíamos de la urbanización.
 —Sí, ven —insistió Pinilla sin soltar la mano de Zaera—. Sé que no tienes ningún otro plan.
 Mi cabeza intentaba procesar la información. Mis neuronas seguían dormidas y procesaban las palabras con torpeza, a la velocidad del caracol: sueeeño fiesta Lucas sueeeño Maracaná sueño sábado Lucas ven Lucas Maracaná ven Lucas fiesta plan... ¡Plan!
 —¿Irá Lucas? —pregunté, súbitamente despierta.
 Pinilla y Zaera se miraron, y luego miraron a Edgar, que ya estaba limpiando el portal.
 —Buenos días...
 Estos tres se creen que soy tonta, pero me doy perfecta cuenta de cuándo alguien me mira como si estuviera LOCA. Llevo años mirando así a algunos pacientes de mi madre. Soy una experta en miradas detectalocos.
 —No sé —comentó Zaera por fin, ya en la calle—. Se lo pensaba decir hoy, como a todos. A Marcos y a Unai ya se lo conté. Marcos vendrá. Unai, no.
 A eso lo llamo yo información irrelevante.
 —Deberías olvidarte de Lucas —interrumpió Pinilla.

A eso lo llamo yo obviedad. Dime algo que aún no sepa, y que sea posible.

–Tengo un plan –dije más para mí misma.

–¿Qué plan? –preguntó Pinilla.

Pero a mí ya me había entrado la prisa de ponerlo en marcha y la prudencia de no compartirlo con nadie. Lo último que quería era oír a Pinilla decirme lo que en el fondo ya sabía: que mi plan no era la mejor de las ideas. Mi plan, mi pan, ese que iba a hacer que Lucas me siguiera como un perrillo, era en realidad un bocadillo de humillación. ¿Hasta qué punto iba a rebajarme para que Lucas me quisiera? No hay nada más odioso que escuchar a una amiga intentando librarte de tu peor enemigo cuando tu peor enemigo eres tú Y LO SABES.

Aceleré el paso, huyendo del sermón que me merecía, y les dije a Pinilla y a Zaera:

–O espabiláis o vais por vuestra cuenta. No os espero.

Y cuando me volví a mirarlos, la vi otra vez, en sus cuatro ojos: los dos de Zaera, los dos de Pinilla. Allí estaba: la mirada detectalocos.

14
ROCAS METAMÓRFICAS
CON AROMA DE MELÓN

¿Cómo ofrecerme sin resultar ridícula? ¿Pongo un cartel de «Se dan clases particulares para alumnos con dificultades en ecuaciones que se apelliden Falcón»? ¿Hago una pintada anunciándolo y le doy así a mi madre motivos reales para que me tenga por una grafitera?

Y nada más ver a Lucas, un vuelco en el corazón. No solo había visto a Lucas: había visto mi pulsera, la pulsera que le regalé, en su muñeca, alas para mi plan. Mientras llevara esa pulsera, aún podía ser. Y de nuevo el calor en las manos del clavo ardiendo.

Pero no había forma de hablar con Lucas a solas. Él estaba todo el rato rodeado y yo me subía por las paredes. Que me pasara eso a mí, la mejor mensajera del planeta; a mí, que había conseguido poner en contacto a Pinilla y a Zaera cuando estuvieron castigados y vigilados y todo parecía imposible; a mí, que había hecho de cartera de los Reyes Magos esas navidades en el centro comercial; a mí, que desde hace años soy la emisaria oficial entre papá y mamá (papá, dice mamá que recuerdes lo de la reunión; mamá, dice papá que el martes es el cumpleaños de la abuela, que le haría ilusión que la llamaras...). Y ahora que el mensaje era mío, que era tan sencillo como «¿quieres que te ayude con las mates?», ahora que me interesaba más que nunca que llegara a su destino, no lograba hacerlo llegar.

Y encima, a primera hora, Matemáticas. Esas malditas inecuaciones del Lahoz requerían toda nuestra concentración. Sí, también la MÍA.

Suspendería. Yo, que nunca había suspendido. Suspendería Matemáticas, Biología, Inglés y hasta Educación Física como siguiera así. Pero no podía concentrarme.

En el recreo me junté con Pinilla, Zaera, Magda, Nerea, Unai y Marcos. No sé de qué hablaron, la verdad. Mi cabeza no estaba ahí.

—¿Qué pasa, Luján? —me preguntó Pinilla.

—Ni le preguntes —le respondió Unai por mí—. ¿No la ves? Garza ha emigrado.

Me sentí pillada. En cierto modo era así. Yo había emigrado como emigran los pájaros. Unai tenía que saberlo porque es un friki de los pájaros. Tiene una camiseta —negra, claro— con un montón de pájaros sobrevolando a Hitchcock. Es por la película del hombre ese. La camiseta tiene como salpicaduras de gotas de sangre. A veces da un poco de miedo Unai. A veces parece capaz de cualquier cosa.

A Unai no solo le gusta la peli de *Los pájaros*. Le gustan los pájaros en general, desde los cuervos a las cigüeñas. Sabe mogollón de cosas sobre aves. «Ornitología», que diría mi madre. De hecho, andaba emocionado porque nos acababan de anunciar que iríamos a ver una exhibición de aves rapaces. Pero yo no estaba para hablar con nadie.

—Voy al baño —le dije.

Y emigré, sí. Salí volando dando un rodeo para pasar casualmente cerca de donde estaba Lucas, de nuevo rodeado.

Y luego, de vuelta en clase, no pude quitarle ojo a su cuello, ese cuello que habían recorrido mis dedos con la dedicación del panadero, esa piel... La piel de Lucas, tan suave que las manos se deslizan solas sobre ella igual que ruedas en una pista de patinaje, y huele tan bien... como a melón.

—Clara Luján, ¿podría repetir las características de las rocas metamórficas?

¿Suaves? ¿Huelen a melón?

Suspenderé.

15
EL RUIDO Y LA FURIA

Al día siguiente me levanté de madrugada, sin exagerar, para asombro de mi madre. No podía ser tan difícil hablar con Lucas. Se lo iba a decir, estuviera solo o acompañado.
—¿Pero dónde vas a estas horas? —me preguntó con los ojos pegoteados de sueño.
—Avisa a Pinilla. Dile que no me espere. ¡Adiós!
—¡Espera! —exclamó, repentinamente despierta. Taladró mi mochila con su mirada de rayos X, luego decidió que los rayos X no eran suficientes, arrastró las zapatillas de andar por casa hasta la mochila, la palpó, la cogió en el aire para disimular, abrió la cremallera y dijo:
—No sé cómo puedes llevar tanto peso.
—Ya ves. Son los libros, que pesan aún más que los espráis —respondí a mala idea.
Pero mamá tenía demasiado sueño como para empeñarse en reñirme y se limitó a levantar la mano a modo de despedida mientras entrecerraba los ojos. Y me fui.
Edgar todavía no estaba en la garita. Las aceras no estaban puestas. Los hombrecitos rojos de los semáforos aún no se habían levantado. Corrí por las calles, salté por las aceras, volé. No tuve tiempo ni de sentir frío por el camino. Y cuando llegué al colegio, desenrollaron el patio como una alfombra, solo para mí. Bueno, para mí y para el Contreras, el único profesor que se atrevió a aparecer a esas horas. El Contreras entró en el pabellón y me quedé sola. Estaba sola, pero no me sentía sola. Esperaba, y mi cerebro caracol de cada mañana se había transformado en un cerebro guepardo.
Está claro. Los caracoles no esperan nada en la vida. Por eso van como van. Pero los guepardos... Esos sí que esperan, sí: COMIDA.
Ahí estaba yo, elástica y hambrienta, dando vueltas alrededor del aparcamiento para motos como un animal enjaulado, ace-

chando la llegada de Lucas, sin ojos para otra cosa que no fuera ese trozo de calzada que conducía hasta el colegio, sin oídos para las voces que iban llegando, solo para los motores. COMIDA. Ahora entendía por qué era tan importante el oído para cazar. Si escuchaba atentamente, era capaz de adivinar lo que iba a pasar –quién iba a pasar– antes de verlo. Oía el motor de un autobús y, a los pocos segundos, los faros de la ruta 4 rompían la niebla. Oía una respiración ahogada y, al momento, veía a Unai que llegaba resoplando. Primero oía y luego veía. El trueno y el relámpago.

–¿Qué haces aquí? –me preguntó Unai al pasar delante de mí.

Normal que preguntara. Como ver a un nepalí en Mozambique o un neozelandés en Dinamarca. Por todo el colegio hay una demarcación invisible de fronteras, territorios conquistados a fuerza de pipas, chicles y palique; vaya, nada de sangre, sudor y lágrimas: SALIVA. Ahora mismo podría hacerte un mapa señalando donde está Lucaslandia, Pinillikistán o la República Nataliana; perdón, el reino. No se puede ser más princesa que Natalia, más rubia, más cursi, más pava. En cualquier caso, el aparcamiento de motos está bastante lejos de nuestro territorio.

A la pregunta de Unai, mi cerebro guepardo respondió sin darme tiempo a callarlo:

–El imbécil. Hago el imbécil.

Unai me miró fijamente. Sentí que no se detenía en esa otra frontera que es la piel, sino que penetraba el límite derma-no-sé-qué que sale en los anuncios de cremas, así, sin permiso, sin pasar por aduanas, y me miraba por dentro. Por un momento temí que me absorbiera al agujero negro de su camiseta negra, ese que asomaba bajo su cazadora abierta.

–Que disfrutes –me dijo muy serio, como quien dice «te acompaño en el sentimiento». Y se fue hacia Pinillikistán.

Yo seguí allí, en territorio extranjero. Por un momento, dejé de mirar la entrada del aparcamiento para seguir con la mirada el bulto andante de Unai. Había algo... algo... Pero no tenía tiempo de pensar en ello. Debía estar al acecho. Y así seguí, a tres vuelcos de estómago por minuto, viendo desfilar animales de todo tipo. Y mi gacela sin aparecer.

Cuando llegó la hora de entrar en clase, tuvo que venir Pinilla a buscarme.

–¿Pero qué haces, Luján?

«El imbécil», dije mentalmente.

–Me ha dicho Unai que estabas aquí.

–¿Unai?

–Anda, vamos, que llegarás tarde.

Yo me dejé arrastrar por Pinilla hacia clase. Le habría contado lo del pan, lo de mi plan, lo de que necesitaba volver con Lucas, pero «Lucas ERA imbécil» y no quería volverlo a escuchar.

–Tengo hambre –le dije.

Antes de desaparecer camino de clase, volví por última vez la vista hacia el aparcamiento. Primero la oí: el silencio de una moto parada. Luego la vi: el hueco de la moto de Lucas. Y después la imaginé: el trozo de carne desnudo sin la pulsera que le regalé. La ausencia en estado puro.

16
DE CABEZA

Gastroenteritis.
Lucas había tenido gastroenteritis. Y no pienso tener ni una fantasía al respecto.
Y cuando se recuperó y volvió, llevaba MI pulsera.
En el cambio de clases me acerqué y le dije: «¿Quieres que te ayude con las mates?», y me dijo: «Sí», y yo le dije: «Quedamos cuando quieras», y él dijo: «Vale».
Y ahora imagíname dando un saltito de esos en los que juntas los pies a un lado, en el aire. Piensa en confetis de colores cayendo sobre tu cara que mira a un cielo sin nubes, piensa en amapolas rojas sobre un campo verde, en el sonido de entrada del wasap que más deseabas pero ni te atrevías a esperar, en fuegos artificiales, en niños chapoteando en una piscina un día de sol, en tirarte en trineo por una ladera llena de nieve con la boca abierta y los papos sonrosados, en las carcajadas de tu abuelo (si no tienes, te presto las del mío), en la canción que te ponga de mejor humor... Todo eso era yo: pura alegría.
Y en ese momento podrías haberme mirado con la cara que quisieras, que no me enfadaría ni te quitaría la razón: estaba LOCA de contento. Y solo quería regodearme en mi triunfo, que cuando algo bueno nos pasa, hay que saber vivirlo. Hay que lanzarse de cabeza a esa piscina de felicidad, zambullirse sin miedo, perder el traje de baño, empaparse el pelo, irritarse los ojos, tragar agua, apurar hasta quedarse casi sin aire... Dame todos los daños colaterales de la felicidad, pero dame felicidad.

17
CONTUSIÓN CRANEOENCEFÁLICA

Me equivoco a menudo. ¿Te acuerdas de lo que dije? ¿Aquello de que hay que dedicarse al 100% a ser feliz a la mínima ocasión? ¿Lo de que quiero felicidad aunque traiga daños colaterales? Lo retiro.

Lo retiro porque yo me tiré de cabeza (¡lleva la pulsera!, ¡lleva la pulsera!, ¡puede ser!, ¡puede ser!, ¡vamos a quedar!, ¡vamos a quedar!), y resultó que apenas había agua en mi piscina de la felicidad (en realidad, era un charquito) y casi me rompo la crisma al chocar contra el fondo. Lo que yo sufrí no fueron daños colaterales. Fueron daños frontales, y no hay tirita que cure eso. Puede ser MORTAL. Así que este sería mi nuevo consejo, que anula al anterior: quédate en la orilla. No se te ocurra lanzarte. Al menos, no sin antes haber comprobado la temperatura del agua y la profundidad del lugar.

El porrazo no me lo llevé sola. Me lo dio Unai, que vino, de negro como siempre –un cuervo, un pájaro de mal agüero–, y me lo soltó a bocajarro:

–¿Has visto a Natalia y a Lucas?

Era la hora del recreo.

–No. Estarán donde siempre, ¿no? Aunque me ha parecido que Lucas no estaba junto a la pista de baloncesto.

Lo sabía, claro. Lo sabía seguro. Lo tenía vigilado. Había estado ahí, como siempre, pero lo había perdido de vista después de meterse en los baños. De hecho, Unai me acababa de interceptar lejos de Pinillikistán precisamente porque estaba haciendo una ronda en busca de Lucas.

–Y Natalia... –seguí diciendo–. Pues yo qué sé. Estará por ahí, con Blanca, supongo.

Unai se quedó callado mirándome muy serio y moviendo la cabeza de lado a lado, izquierda, derecha, izquierda, derecha, con una frecuencia exacta, ni muy lento ni muy rápido, preciso y aburrido como un metrónomo.

—Yo sí los he visto –dijo al final.
—Entonces, ¿para qué me preguntas?
Aún no se me había pasado del todo el cabreo con Unai.
—Para saber si tú también lo habías visto.
—¿Si había visto qué?
—A Lucas y a Natalia.
—¿A Lucas y a Natalia qué? –pregunté, definitivamente harta. Entonces lo capté. Vale, sí, ya sé que tú lo habías pillado antes. Pero es que tú no tienes la cabeza como yo. Seguro que tú eres una persona abierta, pero yo no. En mi cabeza no caben Lucas-y-Natalia en una misma neurona, en una misma frase, y mucho menos si en esa frase se incluye el verbo «besar». Pero eso es lo que había pasado, y eso es lo que finalmente me contó Unai.

Y lo único en lo que yo lograba pensar era en que MI pulsera habría rozado el cuello de Natalia, y no el MÍO.

Al momento, empezó a dolerme la cabeza.

Y esto es lo menos que te puede suceder cuando te tiras de cabeza a un charquito de felicidad que solo cubre hasta el tobillo.

18
CÓMO ABLANDAR UN CUSCURRO
(Y CÓMO ENDURECERLO DESPUÉS)

Unai va por libre. No sé si no se entera o es que se hace el tonto. Daba igual que yo me frotara la cabeza, daba igual que pusiera una inconfundible cara de no-tengo-ganas-de-hablar-contigo-ni-con-nadie-pero-contigo-menos-aún; él siguió ahí.

–A mí me gusta Natalia –dijo.

Yo me le quedé mirando alucinada. Unai jamás había contado nada parecido. La verdad, nunca me había planteado que pudiera tener ninguna aspiración de ese tipo. Y menos con Natalia.

–Sí, ya sé que juega en otra liga –siguió diciendo, como si adivinara mis pensamientos–. En la tuya. En la de Lucas.

Su tono era frío como un cubito de hielo, pero como su camiseta era negra y como se trataba de Unai, deduje que lo decía con pena, con la poca pena que le queda por exhibir a un chico que lleva más de diez años vistiendo de negro.

Yo sí que no lo puedo evitar: la pena me ablanda. Soy dura y crujiente como un cuscurro de pan, pero ante la pena me ablando como un bocadillo metido en una bolsa de plástico. Y por eso, aunque estaba enfadada con él, le dije:

–Pues no sé qué le ves.

Ya, quizá no te parezca una frase tan pan-blando, pero hay que saber leer entre líneas, hombre. Y lo que le estaba diciendo a Unai, y se lo decía de corazón, es que Natalia no valía la pena, su pena. Literalmente.

Pero se ve que Unai estaba decidido a enfadarme del todo. ¿No fue y me dijo?:

–Pues yo no sé qué le ves a Lucas.

Sin pensarlo, se me apareció en la cabeza su sonrisa desarmante.

–Además de esa sonrisa –adivinó Unai.

Entonces pensé en sus ojos.

–Y de los ojos –dijo Unai.

Ahí lo que pensé fue: «Unai, ¿quién te ha dado permiso para meterte dentro de mi cabeza?».

Pero solo dije:

–Vete a la mierda.

(Perdón.)

19
ENTERRAR «LA VERDAD»

Unai no se fue a la mierda (perdón). O igual sí, solo que no hacía falta marcharse a ningún sitio; solo hacía falta quedarse a mi lado, porque yo estaba hecha una mierda (perdón). Y eso hizo. Se quedó a mi lado, con cara de pena, en silencio.

Yo no sé estar en silencio. Unai sí. A él se le ve tan a gusto, como en casa. Mi abuelo es igual. Tan pronto está desbarrando y despotricando, como se queda callado como una tumba. Pero yo no, yo me pongo de los nervios. El silencio me da ganas de gritar. Igual si me visto de negro no necesitaré decir nada. Tengo que probarlo.

Pero como ese día llevaba unos vaqueros, un jersey verde y una cazadora blanca, tuve que llenar ese agujero negro de silencio con palabras, palabras, palabras, un montón de palabras para tapar el vacío, paladas de palabras que pesaran como toneladas de tierra y que enterraran en lo más profundo, debajo de la corteza, del manto, en el mismo núcleo de la Tierra, lo más lejos posible de mí, eso que finalmente parecía ser LA VERDAD: que Lucas no me quería.

—Tú no conoces a Lucas, Unai —le dije—. No tienes ni idea. Normal, porque solo sabes mirarte el ombligo. Te crees que eres la única persona interesante del universo. «¡Oh, qué especial soy! ¡Qué bonito ombligo tengo!» —dije imitando con voz llorosa esa cadencia funeraria que tiene cuando habla, y LA VERDAD ya había atravesado la litosfera—. Pues tú no eres el único que guarda algo en el interior. Lucas también. No tienes ni idea. Lucas es un enigma, una adivinanza. No lo conoces —le repetí. Creo que estaba entrando en barrena, pero me daba igual. Unai no me respondía y ese silencio suyo y esa cara con la que me miraba, esa cara de pena, me ponían frenética, y además, con tantas palabras ya había conseguido enterrar LA VERDAD hasta cerca del núcleo—. Claro, luego dices de mí —solo que Unai no había dicho nada de mí—, pero ¿qué sabes tú de él? La sonrisa, los ojos... has dicho. Pues sí, es guapo. No como tú –y cuando dije esas palabras sabía que estaba saltándome la sagrada norma no escrita que dice: «No llamarás feo a la cara a un feo». Pero ya todo me daba igual, porque estaba consiguiendo olvidar LA VERDAD que solo me atrevía a decirme en voz baja y con letra pequeña, y LA VERDAD estaba en ese núcleo rojo y ardiente como la lava–. No, si yo lo entiendo. Debe de ser duro vivir sabiendo que juegas en otra liga, conformándote con las migajas, o ni eso, sabiendo que nunca podrás estar con alguien como Natalia. Claro, es más fácil mirar por encima del hombro a Lucas y sentir desprecio por él que reconocer que lo que de verdad sientes es ENVIDIA.

Y seguí, y seguí, y seguí desbarrando mientras Unai me miraba en silencio y con esa cara de pena que me sacaba de quicio. Y cuando por fin me cansé de hablar, Unai se limitó a soltarme:

–¿Qué sabes tú de mí, eh, Clara? –dijo, en vez de «Garza»–. ¿Sabes que tuve un perro?

Yo callé y noté cómo empezaba a ablandarme de nuevo.

–¿Sabes que tengo un hermano?

Seguí callada, reblandeciéndome por momentos.

–¿Sabes cómo murió de verdad mi padre?

Y se fue.

20
LAS OPCIONES DEL GLOBO

Si hubiera estado en casa, le habría preguntado a mi madre cómo murió en verdad el padre de Unai, pero ese fin de semana lo pasaba con mi padre, y dudo que él supiera nada al respecto. Mi padre no suele registrar ninguna información no cuantificable.

Además yo tenía otras cosas, otras personas, en realidad, una ÚNICA persona en la que pensar. A estas alturas ya te habrás hecho una idea del volumen de mi imbecilidad, y te imaginarás quién era esa persona.

Aun así, aun imbécilmente lucasesionada, el sábado, una hora antes de ir al Maracaná, cuando estaba arreglándome ante el espejo del baño, volvieron a mi cabeza todas las cosas horribles que le dije a Unai y lo que él me respondió, y era como si *Unai estuviera detrás de mí, mirándome a los ojos de esa extraña forma en la que se clava la mirada a través de los retrovisores, taladrando con los ojos mientras nos damos la espalda.* Entonces cerré los ojos muy fuerte y... Vaya, tuve que desmaquillarme y volver a pintarme porque, de tanto apretar los párpados, se me emborronó el borde del ojo con el rímel.

Cuando terminé, me quedé mirando el espejo un buen rato, y ya no había ni rastro de Unai. Solo me vi a mí misma. Lo que no sé es por qué a mis labios les dio por formar una frase y decirla en voz alta, y lo que me dije y que tanto me dolió oír fue: «Clara, ¿eres una buena persona?».

Y salí hacia el Maracaná. Sabía que los demás habían quedado antes, y que iban a traer algunas botellas, pero yo fui directa al Maracaná. Pero te ahorraré los detalles aburridos: la mirada de reojo a mi reflejo en los escaparates del camino, la parada, la entrada al Maracaná, los saludos, la charla con Pinilla... Y te llevaré directa a los fuegos artificiales, el campo verde lleno de amapolas rojas, la lluvia de confetis, la bajada en trineo...

Sí, Lucas estaba ahí. Lucas sí y Natalia no. Lucas sonriendo detrás de un vaso de cristal, y en cada cubito de hielo reflejada una sonrisa desarmante.

Sí, Lucas llevaba mi pulsera.

Sí, Lucas me besó. A MÍ. A Clara Luján Garza.

En realidad, pocos detalles puedo darte de cómo pasó. Solo sé que en cuanto vi a Lucas fui hacia él, decidida a pedirle explicaciones sobre lo de Natalia. Corrijo: fui hacia él, decidida a sonsacarle una explicación fabulosa sobre lo de Natalia del tipo «es que estábamos ensayando para una obra de teatro» o «le estaba haciendo la respiración boca a boca porque se había caído en un profundo charco de patetismo y casi se ahoga, y habría sido feo dejarla morir, pero lo único que quiero ahora, Clara, es tirarme contigo a un inmenso océano de felicidad, cerca de la fosa de las Marianas, para que no podamos rompernos la crisma por muy de cabeza que nos tiremos». Sin embargo, cuando llegué donde Lucas, lo primero que le dije fue: «Bonita pulsera», y él dijo: «Gracias», y SONRIÓ, y ya no me preguntes mucho más. Solo sé que me besó. Y que esta vez no fue una fantasía. Esta vez ocurrió, y no fue en el fondo del mar, ni en el desierto, ni en la cubierta de un barco. Esta vez fue en una esquina del Maracaná. Y la única fantasía que se cruzó por mi mente mientras nos besábamos, en el imprudente momento de abrir los ojos (¿a quién se le ocurre besar con los ojos abiertos?), fue que Unai me espiaba, medio camuflado entre la multitud, cosa que era imposible porque Unai no había venido. Por eso, con solo cerrar los ojos, lo hice desaparecer, porque, al fin y al cabo, esa es la ventaja de las fantasías. Se diferencian de la realidad en que puedes vivir esquivándolas; no hace falta que te enfrentes a ellas si no quieres.

Hablar, hablar, lo que se dice hablar, hablamos poco, la verdad. Y yo tuve que salir corriendo como Cenicienta porque tenía que estar en casa antes de las once o mi padre me mataba.

Ya en casa, en la cama, escribí a Lucas ocho mensajes distintos que no llegué a enviar porque no quería ser pesada. Y el domingo, cuando me elevé de la cama (ese día no andaba, ese día flotaba) y fui a desayunar, casi se me salen los cereales por la comisura de los labios porque no podía dejar de sonreír.

Mi cara era un anuncio hecho con letras de neón donde ponía «SOY FELIZ». Apuesto a que el 97% de la gente se habría dado cuenta de que me pasaba algo, algo bueno. Pero mi padre es del 3% restante. No es un hombre demasiado perspicaz. No como mi abuelo.

En cuanto llegué a casa de mi madre, por la noche, mi abuelo me dijo:

—Muy contenta vienes tú, moñaca. Y no será por los chistes que cuenta el jodido Pansinsal.

—Papá... —lo riñó mi madre sin mucha convicción.

Mi abuelo llama a mi padre «pan-sin-sal». Mi abuelo puede soportar que mi padre sea maniático o que no le guste el fútbol, pero lo que definitivamente no le perdona es que sea mortalmente aburrido. A mí me encanta que mi padre sea así. Su aburridismo me parece un oasis de paz. Cada vez que paso un fin de semana con él, vuelvo más relajada que un perezoso recién salido de una sauna. Bueno, ese fin de semana no. Ese fin de semana volví levitando a tres metros sobre la TIERRA.

—Mírala, hija, pero si flota... —le dijo mi abuelo a mi madre señalándome con la cabeza—. Igual que un globo. Pues ten cuidado, moñaca, que los globos solo tienen dos opciones: o se pierden allá por la tosfera esa...

—Estratosfera —interrumpió mi madre. Cinco sílabas.

Mi abuelo la ignoró y siguió:

—... o se pinchan y se dan una hostia del copón.

21
ALL YOU NEED IS LOVE

–Perdón.
¿Mi abuelo pidiendo disculpas por haber dicho un taco? ¿Buscando nervioso la mirada de mi madre esperando su perdón? Definitivamente, me estaba perdiendo algo.
–¿Qué pasa? –pregunté.
–¿Y a ti? –contraatacó mi madre–. ¿Te pasa algo?
En un principio fue un alivio para todos que el abuelo se levantara el jersey y cambiara de tema.
–Mira, moñaca. ¿Has visto?
Era una camiseta nueva.
Desde que murió mi abuela, mi abuelo sigue haciendo todo lo posible por no estar en su casa. Se pasa el día entre nuestra casa y la tienda de los Julianes, Julián padre y Julián hijo. Los Julianes fotocopian, imprimen... pero sobre todo hacen camisetas personalizadas. Mi abuelo es el mejor amigo de Julián padre, su mejor amigo y su peor cliente. No porque no le encargue cosas. Mi abuelo prácticamente va a camiseta por semana. Pero Julián es incapaz de cobrarle. En la camiseta de ese día ponía: «SOY UN GEROPUNK».
En cuanto mamá leyó el mensaje, dijo:
–Ya lo creo. Y un okupa.
Creo que mamá lo dijo sin mala intención, pero el abuelo se picó.
–Si molesto, me voy –dijo.
Podía sentir un chisporroteo en el ambiente, como cuando caminas bajo un poste de alta tensión. De hecho, estar entre mi abuelo y mi madre es lo más parecido a caminar entre dos postes de alta tensión.
–¿Qué es un geropunk? –pregunté.
Y el abuelo dijo:
–Que te lo explique tu madre.

Entonces mi madre se dio el gusto de fastidiar al abuelo soltando varias palabras larguísimas y algunas esdrújulas –geriátrico, gerontólogo, geropsiquiatría (esta última la dijo mirándole fijamente)– y explicó que las gerocosas eran las que tenían que ver con los viejos (y creo que dijo «viejos» y no «ancianos», ella que es tan fina, para fastidiar al abuelo).

–En cuanto a los punks... –siguió explicando mi madre, y estaba claro que lo hacía para el abuelo y no para mí–. Bueno, dales una norma y ellos se creerán que les has dado una valla de obstáculos: correrán ciegos a saltarla. Pero para entender qué es un punk solo tienes que mirar a tu abuelo. Si no se pone cresta es porque no tiene pelo.

Y el abuelo dijo muy serio y con cara de asco (auténtico asco punky, creo):

–Ja, ja, ja. Desde luego, hija mía, tantos años con Pansinsal te arruinaron el sentido del humor.

Cualquier otro día, yo ya estaría agotada de escucharlos, pero LUCAS... Lucas, Lucas, Lucas... Lucas llevaba mi pulsera, Lucas me había besado, lo nuestro podía ser, y en esas circunstancias me daba igual tener un abuelo geropunk y una madre sabidilla. Yo ya tenía todo lo que necesitaba: un chico con una sonrisa desarmante, y no iba a dejar de sonreír por nada del mundo.

Pero entonces, para sorpresa mía y del abuelo, mi madre respondió:

–Vete a la mierda.

Cuando vi la cara de mi abuelo, recordé la cara de Unai después de que yo le dijera esas mismas palabras que acababa de soltar mi madre, y por un momento se me torció la sonrisa.

Y el abuelo se puso el abrigo, cogió el dibujo de la abuela bajo el brazo, me dio un beso y se fue de casa.

22
NEGRO, FRÍO

El lunes me enteré de dos cosas.

Una, que «se había reabierto el caso del padre de Unai». En la nueva versión que daba Unai, a su padre lo había matado un loco, un tío de esos que viven y duermen en la calle, pero después de muchas investigaciones (años de investigaciones) se había descubierto que no había sido casualidad como parecía en un principio, sino que otro hombre, uno que estaba enamorado de la madre de Unai, había pagado al sintecho para que lo matara, y así tener alguna posibilidad con ella. Era la primera vez que Unai se descolgaba con un rollo tan rocambolesco y pasional. A saber de qué libro habría sacado una historia así. Hasta el momento, sus versiones habían sido más de película de acción.

Sentí una doble punzada de culpabilidad. Por un lado, pensé que debería haber averiguado cómo murió realmente el padre de Unai; y por otro, me daba cuenta de que podría haber aliviado un poco la pena de Unai contándole que Lucas estaba ahora conmigo. No es que eso fuera a cambiar las cosas entre Unai y Natalia (me seguía pareciendo imposible que estuvieran juntos), pero quizá ese dato le habría ahorrado meter Natalia-no-me-quiere en esa coctelera suya de sufrimiento y camisetas negras. Porque esa era la única explicación que encontraba a esa versión tan tremenda, tan de culebrón, de la muerte de su padre.

Entonces yo, que no quería volver a dudar ante un espejo si era o no una buena persona, fui a consolar al pobre Unai y, de paso, a impedir que le diera por contratar a alguien para matar a Lucas, como en su última versión. Aproveché cuando Zaera, Pinilla y Magda se marcharon, antes de ir a buscar a MI Lucas, y le dije:

—No sabía que te gustara Natalia —por empezar por algún sitio.

—¿Te extraña?

—Mmm. En realidad no —respondí—. Natalia les gusta a todos.

–Y LO SABE –dijimos los dos a la vez. Y entonces nos reímos con ganas. Yo, claro, desde el sábado por la noche, me reía hasta de los chistes de mi padre, que ya es decir. Pero las risotadas de Unai sonaban igual de *happy flower* que las mías. Entonces pensé que igual me había equivocado. Igual Unai no era «el pobre Unai». Igual no hacía falta vestirse de colores para ser feliz. Igual por dentro era como una sandía, con un corazón tan sonrosado como el de cualquiera. Igual el negro era una armadura que le protegía ese corazón y lo mantenía calentito. Al fin y al cabo, ¿no atraía el color negro los rayos del sol?

Pero entonces me enteré de la segunda cosa y dejé de reír en seco. Y yo que andaba tan feliz por mi campo de amapolas, me caí en un pozo negro, profundo, sucio y nada calentito.

Fue cuando Unai se calló de golpe y me señaló hacia una esquina del patio. Justo antes de que yo le contara que Lucas y yo teníamos algo, que Lucas aún llevaba mi pulsera y que el sábado en el Maracaná...

... que el sábado en el Maracaná había hecho conmigo lo mismo que estaba haciendo en ese momento con NATALIA.

23
CORAZÓN ARRUGADO

Lucas no llevaba mi pulsera.
Peor que eso. Un millón de veces peor. Natalia llevaba MI pulsera.
Me di cuenta en cuanto me acerqué a ellos. Dejé a Unai y fui hacia allí como un zombi, sin pensar, con la vista fija en el pelo de Lucas, ese pelo precioso, negro, brillante. Pero de pronto entre su pelo asomaron, como aletas de tiburones, los dedos de Natalia. Y en su muñeca, en la muñeca de Natalia, mi pulsera. La localicé al segundo como si estuviera hecha de reflectante verde fluorescente y no de cuero.
Tenía el cerebro en blanco. Creo que toda la sangre se me había concentrado en el corazón. Sonaba como un bombo dentro de mis costillas.
No lo recuerdo bien, pero creo que cuando llegué a su lado dije «Lucas», aunque puede ser que dijera «perdón». En cualquier caso, sonó tan patético como si hubiera dicho «miau». Y Natalia se volvió y también dijo algo, pero era como si le hubiesen dado al botón de *mute* y yo solo le veía mover la boca pero no oía nada.
Y no sé qué le dije yo o qué le dijo Lucas, pero Natalia salió corriendo hacia el baño y yo me quedé con Lucas y sé que hablé y hablé y hablé. Y le dije que cómo se atrevía a darle a Natalia mi pulsera, y él dijo ¿tu pulsera?, y yo le dije no te hagas el tonto, y él dijo no te entiendo, y yo le dije sabes lo que significaba para mí, y como una imbécil le grité ¡pero fuiste tú quien empezó el sábado!, y exclamé patética ¡y yo te di mi gloss!, y él dijo ¿qué es eso del gloss? Y entonces un bulto negro en una esquina de mi campo visual me distrajo un momento, y creo que era Unai. Pero Lucas había aprovechado mi silencio para intentar decirme que lo sentía, y ya no pude pararle. Me dijo que no quería hacerme daño (¿¡que no quería hacerme daño!?), que no se acordaba muy bien de lo del

sábado, que había bebido, que lo sentía mucho, que no tenía que haberlo hecho, que yo era muy buena y muy todo, pero que... Y yo me enteré por fin de lo que tenía que haber sabido desde el principio. Y asentí, y seguí asintiendo, y sintiendo que mi corazón era como uno de los corazones que quedaron arrugados en aquel dibujo que me regaló Zaera y que tiré a la papelera, un corazón de regalo, un corazón arrugado que ya nunca nada ni nadie podría alisar del todo y dejarlo sin marcas, ni el peso de toda la saga de Harry Potter, ni mil chutes de bótox, ni una apisonadora de autopistas.

    Y quiero mostrarte ahora estas arrugas, para que también a ti te recuerden que después de la primavera va el verano; después del trueno, el relámpago; después de «gracias», «de nada»; pero no siempre después de «te quiero», va «y yo a ti». A veces, después de «te quiero», va «pues yo no». Y no hay forma de decirlo sin arrugar para siempre el corazón de alguien.

24
SOCORRISTAS

De lo que sucedió después en clase solo recuerdo que nos dieron la tabarra recordándonos que al día siguiente iríamos a la exhibición aquella de aves rapaces. Eso, la mano de Unai estrujando mi hombro al pasar a mi lado y la extraña sensación de que mis ojos, de alguna forma, lograban mirar de reojo hacia la izquierda, por más que yo me esforzara en mirar hacia la pizarra en línea recta. Ese tira y afloja de mis pupilas y mi cerebro me dio un dolor de cabeza monstruoso.

De vuelta en casa, Pinilla y Zaera siguieron con su desastrosa táctica de primeros auxilios que consistía en decir lo imbécil que ERA Lucas. Pero ¿en qué manual de socorrismo habían leído que un moribundo lo que necesita es que le pongan verde la piscina donde se ahoga? En ese momento yo no quería que me hablaran de Lucas, y menos aún que me hablaran MAL de él. Lo que yo necesitaba era A I R E, y llegar a casa para encerrarme en mi cuarto, así que a mitad de camino di un gruñido a Pinilla, me puse los cascos y subí la música a todo volumen.

Pero cuando llegué a casa, aún con los cascos puestos, oí otra música a todo volumen. Me quité los cascos y grité «¡¡¡ABUELOOOO!!!» con todas mis fuerzas para hacerme oír por encima de su música, pero también para desahogarme, que es lo que de verdad necesita un ahogado: des-ahogarse. Y al hacerlo, al gritar como una posesa, noté que entraba un poco, solo un poquito de aire en mis pulmones medio encharcados.

Pero ni por esas. El abuelo no me oyó. Y cuando entré en el salón, pegó un bote hasta el techo y se lanzó a todo correr a parar la música, pero se equivocó de botón y solo logró cambiar el ecualizador. Entonces se puso a tocar botones del mando (sospecho que si no subió más el volumen fue porque ya estaba a tope) hasta que acertó por fin a dar al *pause*.

—Jodó, qué susto me has dado, moñaca —me riñó—. ¿No sabes avisar antes de entrar?

Yo no tenía fuerzas ni para discutir. Tiré la mochila al suelo, me dejé caer sobre el sofá y cerré los ojos. Si hubiera estado mi madre me habría encerrado en mi cuarto, pero con el abuelo es distinto. Como él va a su bola, una siente que también puede ir a lo suyo, sin tener que darle cuentas.

Sin embargo, esta vez el abuelo no pasó de mí del todo. Me miró achicando los ojos, torció el morro y sentenció:

—Lo que yo decía: una hostia del copón.

Yo respiré hondo, volví a cerrar los ojos y oí al abuelo trajinar con los mandos.

—¿Sabes lo que escuchaba, moñaca? —me preguntó.

—¿Algo de Julián hijo? —aventuré sin ganas.

Julián hijo mola. No lo he visto nunca, pero algunos de los mejores libros, discos, pelis y camisetas que han pasado por mi casa han sido idea o propiedad suya.

—¡Qué dices! Esto es mío —exclamó el abuelo, ofendido—. A la abuela le encantaba —añadió casi en voz baja, y al decir «la abuela» señaló con la barbilla el dibujo a medio terminar que reposaba sobre la mesita.

Yo asentí con la cabeza, sin fuerzas para hablar. El abuelo cogió el mando y puso, esta vez a la primera, la canción que tronaba cuando entré en casa.

Sonaron unas notas al piano a todo volumen y, a la sexta nota, a mí ya me rodaban lagrimones por la cara. Pero el abuelo hizo como si nada y, antes de que se oyera la voz del cantante, bajó el volumen para poder hablarme por encima de la canción, que era en francés.

Y entonces, mientras yo lloraba sin ruido, sin querer pero también sin querer evitarlo, me explicó que era la canción de un hombre que pedía a una mujer que no lo abandonara; que en realidad no se lo pedía, se lo suplicaba; que prácticamente se arrastraba como un gusano y le decía que se olvidara de todo lo malo, que haría lo que hiciera falta con tal de que se quedara con él, y que al final le soltaba: «Déjame que me convierta en la sombra de tu sombra, la sombra de tu mano, la sombra de tu perro»; pero que la letra estaba mal porque tendría que haber dicho «la sombra de tu mano, la sombra de tu perro, la sombra de tu sombra», así, en ese orden, de más a menos, porque ser la sombra de la sombra de alguien es lo menos que se puede ser en esta vida, y lo siguiente ya es nada. Y mientras el cantante decía por millonésima vez «nemequitepá», el abuelo me dijo muy serio:

—Moñaca, nunca te conviertas en la sombra de nadie.

Y luego, con la urgencia de demostrar que no se había puesto tierno, se abrió la chaqueta como sin querer y dejó a la vista una nueva camiseta, donde ponía «No necesito Google. Mi hija lo sabe todo». Pero yo ni sonreí. Yo me había quedado flotando entre esos «nemequitepás» y esas palabras que me había tirado mi abuelo —otro socorrista de pacotilla— como quien lanza un salvavidas de esos naranjas y duros.

Y entonces vi, en una esquina de la camiseta del abuelo, una mancha. No era naranja salvavidas. Era verde. Verde fosfo.

25
DISTANCIA DE SEGURIDAD

Aunque se me había quedado corto, me puse el pijama azul que me regaló la abuela y me acosté más pronto que nunca. Pero no lograba dormir. Me desperté ochenta veces, y cada vez que abría los ojos miraba el móvil. Pinilla me escribió antes de acostarse. Me mandó un montón de dibujitos tontos que me hicieron reír a mi pesar, y me preguntó si estaba bien. Que si estaba bien, preguntaba.

Que si estaba bien...

Eso mismo me preguntaría Unai al día siguiente.

–Garza, ¿estás bien?

Me resistí un poco a ir a clase. Era verdad que me dolía la cabeza. Pero no tenía fiebre, y mi madre me dijo que andando. No tuve fuerzas ni para insistir en lo fatal que estaba. ¿Cómo explicar que el aire no te llega a los pulmones, que tienes un nudo permanente en la garganta, que te pasa todo y no te pasa nada, porque no tienes gripe, no tienes varicela, no tienes anginas? ¿Qué ocurre cuando el dolor es solo dolor y no lo cura un médico? ¿Qué puedes hacer cuando lo que sufres no es una enfermedad sino un trabalenguas: que quien quieres que te quiera no te quiere como quieres que te quiera?

Cuando vino Pinilla a buscarme, le dije que se adelantaran, que aún no estaba lista. Era verdad, pero es que además no me apetecía hablar.

Fui arrastrando los pies y cuando llegué al colegio, con el tiempo pegado, vi a todo el mundo esperando delante del aparcamiento. Solo entonces me acordé: las malditas rapaces.

Entré la última en el autobús. Nada más subir, mi radar especial detecta-personas-que-me-hacen-sentir-desgraciada localizó a Lucas y a Natalia. Estaban casi al final del autobús. Lucas, en el pasillo; Natalia, a su lado, en el lado de la ventana.

Luego, mi radar ordinario detecta-sitios-libres encontró el único asiento que no estaba ocupado. Mejor dicho, el medio asiento. Había pasado lo que pasa el 98% de las veces: que Unai se queda solo. Es una cuestión práctica. Unai solo ya ocupa asiento y medio.
 –Hola, Garza.
 –Hola, Garzón.
 Cuando me dejé caer en mi medio asiento, Unai intentó aplastarse contra la ventana para dejarme más sitio.
 Y ahí estábamos, intentando no rozarnos, cosa un poco difícil cuando estás con alguien que tiene la envergadura inevitable de una ballena. De hecho, tenía mi muslo comprimido contra su muslo, así que inicié una discreta maniobra de retirada de piernas hacia el pasillo. Y cuando ya había conseguido completar la maniobra, casi me da la risa al ver en la carretera un cartel que decía: «Mantenga la distancia de seguridad».

26
BOMBAS

—Garza, ¿estás bien? —me preguntó Unai cuando ya estaba debidamente distanciada, supuestamente segura.

Cerré los ojos, que para mí es un claro mensaje de «paso-de-hablar-del-tema». Pero así, con los ojos cerrados, pensé (con los ojos cerrados se piensan cosas diferentes que con los ojos abiertos, esa es una de las mariteorías de Pinilla). Y pensé que en el fondo del autobús, en mi misma posición, junto al pasillo, estaba Lucas, que era mi... mi... Vale, sí, ya no puedo seguir intentando engañarme a mí misma, ni a ti. Tú ya sabes la VERDAD: Lucas era el chico que no me quería. Y sentada al lado del chico que no me quería, en la ventanilla, alineada con Unai, estaba Natalia, que era la chica que no le quería. Y varias filas más adelante, ahí estábamos los dos juntos: Unai, el niño que no tenía padre, y yo, que no tengo abuela; Unai construyendo versiones redentoras de la muerte de su padre, y yo, sin ganas de hablar. Y sin embargo, sentía que a Unai le debía algo más que mi enfurruñamiento.

—Lo siento —dijo Unai.

—¿El qué? —le pregunté yo.

—Lo de ayer, lo de Lucas y Natalia. Tuvo que caerte como una bomba.

Me imaginé que Pinilla y Zaera le habrían contado lo que había pasado entre Lucas y yo el sábado en el Maracaná, y la forma en que me había vuelto a hacer ilusiones como una imbécil.

—Sí, una bomba —murmuré.

—Pero no hubo muertos —dijo Unai muy serio.

—No, no hubo muertos —dije yo, y por primera vez lo miré, y hasta conseguí poner una mueca que parecía una sonrisa, porque después de todo apreciaba que Unai hiciera ese esfuerzo por animarme en vez de dedicarse, como yo, a sentirse infinitamente desgraciado.

Y en ese momento pensé lo fácil que era siempre escribir :) o poner 😊 y lo difícil que era a veces hacer ese gesto.

Y algo así debía de pensar Unai, porque no sonreía en absoluto. Al revés, se puso aún más serio. Si antes estaba algo así como 😐, ahora era más bien como ☹️.

Pero entonces me sorprendió diciendo:

–Vaya.

Parecía decepcionado.

–¿Cómo que vaya? Si no hay muertos, mejor.

–No es mejor, Garza –y luego se volvió hacia la ventanilla y dijo sin mirarme–. Tú necesitas un muerto. No puedes seguir pensando en Lucas. Es como vivir colgada de un zombi. Lo que tienes que hacer con Lucas es matarlo del todo antes de que te coma el cerebro. Mátalo, Garza.

27
BUENA PERSONA

Estaba sentada al lado de un tío inmenso vestido de negro con claros síntomas de estar mal de la cabeza, un tío que tenía una camiseta negra salpicada con gotas de sangre, un tío que acababa de inventarse que un hombre había contratado a otro para asesinar a su padre y tener una oportunidad con su madre, un tío que estaba enamorado de la chica que salía con el chico que me gustaba, y me acababa de sugerir que lo matara. Me había dicho: «MÁTALO».
Y lo había dicho mortalmente serio.
Ya no se trataba de que yo no tuviera ganas de hablar. Es que no podía pronunciar palabra. Aunque hubiera querido, aunque se hubiera declarado un fuego, no habría gritado. Por culpa del MIEDO. Auténtico pánico. Porque era incapaz de saber si Unai estaba hablando en serio.
Me habría puesto los cascos, pero no podía ni moverme. Solo quería que Unai dejara de hablar, que no dijera ni una palabra más. Eso, y borrar lo que había escuchado.
Apoyé el codo sobre el reposabrazos y descansé sobre mi mano izquierda todo el peso de la cabeza, y en ese momento te aseguro que mi cabeza pesaba nueve toneladas.
Y Unai no dijo nada más. Y aunque eso era lo que yo quería, que se callara para siempre, que no me volviera a hablar, ese silencio rocoso, tan duro y tan sólido, me dio aún más miedo.
Matar a Lucas...
Aprisionada entre el reposabrazos y el cuerpo de Unai, con los ojos cerrados, me vino a la cabeza la navaja de mango granate con una crucecita que tiene mi abuelo, y vi el filo de la navaja apoyado en la carne de Lucas, en un trozo de su espalda, el lateral derecho a la altura del ombligo. Se suponía que Lucas iba a volverse de un

momento a otro, iba a sonreír y su sonrisa desarmante haría que yo tirase la navaja de inmediato.

Pero los zombis no sonríen.

Y Lucas no se volvía, y la navaja seguía ahí, apoyada sobre esa piel tan suave.

Pero entonces decidí usar la navaja para, pum, pinchar esa fantasía que era como un globo. Al fin y al cabo, yo jamás empuñaría una navaja.

«Los zombis no sonríen» y «yo jamás empuñaría una navaja» son dos cosas que no necesitan demostración. Aunque apuesto a que eso mismo piensan el 25% de los asesinos (lo de que jamás empuñarían una navaja ni matarían a alguien, no lo de los zombis).

Me dolía la cabeza.

Cuando el autobús paró en una gasolinera, le supliqué a Zaera que me cambiara el sitio. Él se hizo de rogar (sentarse al lado de Unai no te hace sentir precisamente el propietario de un décimo premiado de la lotería), pero Pinilla le echó una mirada de anda-hazlo-por-mí, y Zaera acabó escachándose contra el cuerpo de Unai en su medio asiento.

—No me hables, Pinilla —le advertí.

Ella me hizo caso y yo dejé que me acariciara el pelo en silencio. Cuando ya casi habíamos llegado al sitio de la exhibición, cuando ya sentía la cabeza un poco más ligera, logré preguntarle:

—Pinilla, ¿tú sabes cómo murió el padre de Unai?

—¿Cómo murió de verdad, dices?

Yo asentí.

—Pues ahora que lo dices... no —y añadió—: Pero creo que era algo «normal». ¿Por?

No respondí. En vez de eso le pregunté:

—¿A ti qué te parece Unai?

Pinilla dejó de acariciarme el pelo y, después de pensar un nanosegundo, dijo:

—Está un poco mal de la cabeza, pero es buen tío.

Se supone que eso debía de haberme tranquilizado. Pero fue todo lo contrario. Lo que sucedió entonces es que me imaginé a **Pinilla tal cual,** con la misma bufanda roja, ante un reportero dicharachero, diciendo eso mismo, solo que como hablaba para la tele, en vez de «buen tío», se esforzaba en decir «era buena persona». Y lo decía así, como cuando hablaba de Lucas, en pasado. «ERA buena persona». Y después de un primer plano de Pinilla, la cámara se volvía otra vez a mi reportero imaginario y él se despedía diciendo:

–Y esto es todo desde el escenario del crimen.

En el recuadro de arriba a la derecha, en la pantalla, una foto de la víctima, una foto de Lucas con su sonrisa desarmante, hacía que el 85% de los telespectadores cerraran los ojos deslumbrados por aquella sonrisa.

Y mi cabeza volvió a pesar nueve toneladas.

28
CAMPEONES DE LA PACIENCIA

–Dentro de cinco minutos dará comienzo la exhibición de cetrería –se oyó por los altavoces–. Les rogamos que ocupen sus asientos y no...

Blablablá.

Me había sentado en la esquina de un banco de madera, junto a Pinilla. Los bancos estaban colocados en forma de semicírculo y yo estaba en uno de los de la zona central. En una punta, a mi izquierda, estaban Lucas y Natalia. Sin embargo, no había conseguido sentarme tan lejos de Unai. Estaba en el banco de delante, a mi derecha.

–... importante que no se levanten ni suban los brazos para no...

Blablablá.

Pasados unos minutos, salió al centro una chica alta y rubia que nos dio la bienvenida y blablablá.

–Hoy nos enfrentamos a un enemigo de las aves, el viento –siguió diciendo–. El viento puede desplazar el vuelo de las aves. Si aumentara en exceso, nos veríamos obligados a...

Blablablá.

–Les pedimos que permanezcan en silencio...

Blablablá.

–... sin flash.

Blablablá. Y mi cabeza pesada llena de zombis y navajas. Y blablablá, las palabras que no me llegan.

Pero de repente, las águilas.

Una de ellas pasó agitando sus alas justo a mi lado, casi rozando mi pelo.

Uauh.

Esa águila agitó algo más poderoso, más grande y más antiguo que todas mis miserias juntas.

¿Sabes cuando tienes los oídos taponados y de repente, plop, se te abren de par en par? Algo así me pasó al sentir volar aquellas águilas tan cerca de mí. Y quise saberlo todo.

La chica iba explicando por el micrófono:

–Los harris vuelan especialmente bajo. En sus vuelos rasantes, emplean su cola larga y ancha como timón y persiguen a sus presas a ras de suelo sorteando la vegetación. Esta mañana, ustedes serán sus árboles y sus arbustos.

Los pájaros volaban entre nosotros desde la chica que hablaba a otra chica que había detrás del semicírculo. En medio del silencio, impresionaba oír su aleteo partiendo el aire. Ellos pájaros, nosotros árboles. Verdaderamente sería genial ser un árbol y tener solo las preocupaciones de un árbol: que lloviera de vez en cuando, y que de vez en cuando hiciera sol, y que los pájaros no chocaran contra ti. Y ya está.

Eso pensé. Pero estaba visto que mi vida era más complicada que la de un árbol, más complicada que la de un caracol. Porque entonces salieron los ratoneros.

–Los ratoneros –explicó la chica– son los campeones de la paciencia. Ellos no cazan. Se posan a orilla de la carretera y se quedan ahí, inmóviles. Esperan y esperan. Esperan lo que haga falta. Hasta que un coche atropella un animal. Y entonces se comen el animal que otro ha matado, sin saberlo, para ellos.

En ese momento, Unai se volvió a mirarme. A mirarme a mí. En ese momento, sí, cuando dijo: «Y entonces se comen el animal que otro ha matado, sin saberlo, para ellos». Que otro ha matado, sin saberlo, para ellos. Otro, como el sintecho; otro, como yo.

Entonces supe lo que era un escalofrío, porque yo solo había sentido escalofríos después de salir de la piscina cubierta, pero ESO, lo que me hizo temblar y me congeló por dentro, era otra cosa. Quizá era puro TERROR. Al menos, se parecía mucho. No sé. Pero era algo que no había sentido en mi vida. Hasta que Unai me miró así.

Unai, el que nunca se alteraba por nada. Unai, el que nunca levantaba la voz. Unai, el auténtico campeón de la paciencia.

29
MÁS PAJARRACOS

No sé qué pajarracos salieron a continuación. No me enteraba de nada. Mis oídos taponados otra vez. Dentro de mis oídos, atascadas y mezcladas, las palabras: «Lo que tienes que hacer con Lucas es matarlo del todo... Mátalo, Garza». «Y entonces se comen el animal que otro ha matado, sin saberlo, para ellos».

Mirara donde mirara, o Lucas y Natalia o la mole de Unai ocupaban la mitad de mi campo visual. En ese momento no podía soportar la rabia de que estuviera tan gordo, de que ocupara tanto espacio. Si al menos fuera como un ratoncito, una musaraña, una mosca que apartas con la mano y adiós muy buenas...

De pronto, dos lechuzas me sacaron del agujero negro donde me había tirado la mirada de Unai. Eran blancas, inmensas, parecían mágicas, recién llegadas de la luna o de un planeta lleno de plata y de luz.

Volví a prestar atención a lo que decía la chica cuando mi cerebro reconoció otra vez las palabras «campeones de la paciencia».

–Si los ratoneros eran los campeones de la paciencia –dijo–, las lechuzas son las campeonas de la discreción. Su vuelo es completamente silencioso. Sus plumas son especiales, como de seda, y no parten el aire. Son capaces de volar sin emitir ningún sonido. Así pillan a sus presas desprevenidas y cazan más fácilmente.

Y yo pensaba: «¿Que no hacen ruido? ¿Las campeonas de la discreción? Y una porra. Menos ruido hace todavía un ave que ni vuela, un ave que solo se está quieta, esperando a que alguien mate a una presa para ella. Esa sí que no hace ruido. Y si alguien preguntara por ella, seguramente dirían que era una buena persona. O una buena ave».

Y cuando pensaba que ya nada podía ir peor, anunciaron la salida del halcón.

Se oyeron unas risitas por el fondo. A la izquierda. Jiji, jaja, jojo, y una colleja, y varios codazos, y la chica alta y rubia, vuelta a repetir lo importante que era estar en silencio y sin moverse, más en ese momento que empezaba a levantarse viento.

La chica lo dijo mirando directamente al centro de ese movimiento, al ojo del huracán: Lucas.

Lucas Falcón.

Falcón.

Halcón.

Ja, ja. Pero qué graciosos.

30
SALIR VOLANDO

Lo que me faltaba. Lo último que necesitaba en mi vida: un número especial sobre halcones.

—Y aquí tenemos a nuestro halcón Lancelot —dijo la chica. Bueno, al menos no se llamaba Lucas—. El halcón es un pájaro muy nervioso.

Ya lo creo.

No quería ni mirar hacia Lucas, pero podía imaginarme a Natalia, a Pablo y todos los que le rodeaban dándole palmaditas en el hombro.

—Llegan a tener seiscientas pulsaciones por minuto. Por eso le tapamos los ojos, para quitarle estrés.

Llevaba la cabeza (Lancelot digo, no Lucas) tapada con una caperuza de cuero. De cuero...

Eso me habría gustado llevar a mí: una caperuza que me cubriera toda la cabeza y que no me dejara ver ni enterarme de nada, porque estaba tan nerviosa que me iba a estallar el corazón. Apuesto a que yo tenía más de seiscientas pulsaciones por minuto. Pero yo no llevaba caperuza, y había gastado todo el cuero que tenía haciendo una pulsera para Lucas.

—El halcón es todo ojos.

Y sin querer, sin darme cuenta de que no quería hacerlo, de que no debía hacerlo, volví a mirar hacia Lucas.

—En realidad, tiene el cerebro muy pequeño. Es cien por cien visual.

El cerebro pequeño...

Cuando volví otra vez la cabeza hacia la derecha, tropecé con la mirada de Unai. Acorralada. Yo sí necesitaba salir volando, alejarme del maldito halcón, del ratonero carroñero... ¡Era una Garza! ¡Se supone que podía volar!

Pero allí, el único que parecía a punto de volar era Lancelot.

—Ahora le quitaremos la caperuza para que pueda volar. Antes de emprender el vuelo, el halcón sacude su plumaje —advirtió la chica—. Compacta las plumas y muchas veces defeca para eliminar el exceso de peso.

Como Pablo y compañía aún no han superado la etapa de «caca culo pedo pis», se echaron a reír nada más oír «defeca». Lo que me sorprende es que supieran lo que significa.

La chica colocó un cebo en mitad del campo y el halcón echó a volar.

—El animal más veloz del mundo —anunció la chica como quien dice «ante todos ustedes, ¡el hombre bala!». Pero no me habría impresionado más ver a un hombre saliendo disparado de un cañón.

Era increíble, entre terrorífico y conmovedor. Porque normalmente, uno piensa en un pájaro volando y se imagina una estampa bucólica del pajarito a su aire, que si la libertad, que si la naturaleza, que si las nubes, que si el sol, Blancanieves cantando en el bosque con una golondrina... Pero el vuelo del halcón no tenía nada que ver con eso. Tenía mucho más que ver con una película *gore*, con el hambre, la necesidad, la sangre y las vísceras. El halcón no había salido a darse un paseo. El halcón sabía exactamente a dónde iba.

—El halcón saca las garras y acuchilla a su presa en pleno vuelo —explicaba la chica—. Hace varias pasadas antes del acuchillamiento final, que es preciso, directo y letal.

Preciso, directo y letal. ¿Era mi imaginación o aquella chica estaba disfrutando como una sádica con cada palabra que decía?

—El halcón cubre a su presa con las alas —y fue oír eso y verme en brazos de Lucas en el Maracaná— y se alimenta rápidamente. Sabe que en tierra es vulnerable.

¿Vulnerable el halcón? Y si el halcón, que devora a la presa, ¡que es el que mata!, es vulnerable, ¡¿entonces qué es la presa?! ¿Pardilla? ¿Idiota?

Mientras el halcón volaba, la chica seguía hablando:

—La única forma de recogerlos es de rodillas, por eso se dice que es el único ser capaz de hacer arrodillarse a jeques, reyes y emperadores.

Lo que le faltaba. Ya podía imaginar la cara de chulería que estaría poniendo Lucas en ese momento.

–Ahora Lancelot va a volar entre ustedes. Durante el vuelo es especialmente importante que no levanten los brazos. No intenten tocarlo.

Lancelot empezó a volar bajo entre nosotros, sus árboles, sus arbustos. De izquierda a derecha, del centro al exterior del semicírculo.

–Parece que se está levantando un poco de viento –advirtió la chica.

Y Lancelot, el animal más rápido del mundo, el de cerebro pequeño y ojos grandes, ese pájaro nervioso que se alimentaba rápidamente y salía volando y a otra cosa, mariposa, a otra ración, halcón, ese acuchillador preciso, directo y letal que hacía que la gente se arrodillara a sus pies, voló hacia mí.

Y chocó. Contra mí.

Pam.

Sentí el tacto suave de sus plumas y el impacto sólido de su cuerpo. Un camión con carrocería de seda arrollándome a su paso. La fuerza de la naturaleza abofeteándome con la superioridad de quien no es un gusano en la cadena alimenticia, con la prepotencia del rápido, del fuerte, del guapo. Esas plumas que parecen pintadas a rotulador, y ese ojo de halcón que se clava en tu pupila, que acuchilla más que sus garras, que desgarra más que su pico y que te dice: «Espabila, bonita. La vida es esto. Un golpe detrás de otro».

Y no pude soportarlo.

Salí volando para no volver. Y Lancelot también.

PARTE SEGUNDA
MATAR A UN ZOMBI (O DOS)

*Halcón que se atreve
con garza guerrera
peligros espera...*

*Halcón que se vuela
con garza a porfía
cazarla quería
y no la recela.*

*Mas quien no se vela
de garza guerrera
peligros espera.*

*La caza de amor
es de altanería:
trabajos de día,
de noche dolor.*

*Halcón cazador
con garza tan fiera,
peligros espera.*

               Gil Vicente

31
LANCELOT, 7 - CLARA, 0

Siete personas, un equipo de telemetría y dos todoterrenos, dedicados a buscar a Lancelot.
NADIE vino detrás de mí.
No es que yo saliera corriendo para que vinieran a buscarme. Hace tiempo que no hago esas cosas. Pero, no sé, un poquito de interés, ¿no?
Cuando salí corriendo, después de que Lancelot chocara conmigo, solo pensaba en eso: correr, correr, correr. Forrest Gump. Cómo entendí al tío ese de la película. Un pie y otro pie, un pie y otro pie. ¿En qué piensas cuando piensas en correr? ¡En NADA! Y eso era lo que yo necesitaba: no pensar en nada, vaciar mi cabeza.
Así que corrí, corrí, corrí, y en cada zancada iba soltando algo, no una miguita para que me encontraran, no, más bien un trozo de agujero negro para no perderme dentro. Y de pronto me vi, sudorosa bajo el plumas, jadeante y algo más ligera, en un prado verde rodeada de árboles. Creo que había pasado por una especie de bosque, pero no me preguntes porque yo solo miraba mis pies, el suelo y mis pies, las hojas en el suelo y mis pies, las piedras del camino y mis pies, el barro y mis pies. Igual volar es lo mismo. Igual mientras yo corría y pensaba en mis pies, Lancelot volaba y solo pensaba en sus alas. El cielo y las alas, el cielo y las alas. Me gusta pensar que Lancelot y yo estuvimos siguiendo caminos paralelos, él en el aire y yo en tierra. Tal vez él, todo ojos, en un momento dado me vio desde el aire. El cielo, las alas y la presa. Puede que se lanzara sobre mí en picado y solo a última hora, cuando ya estuviera casi rozando mi pelo, se diera cuenta de que yo no era un delicioso ratón sino la loca contra la que había chocado, y puede que entonces Lancelot rectificara la trayectoria y pensara que yo era peligrosa, y saliera huyendo DE MÍ.
No sé. No tengo ni idea de lo que pasa por la cabeza de los halcones, si es que pasa algo por su diminuto minúsculo casi inexis-

tente cerebro. Y además, como te he dicho, yo no miré al cielo. Yo solo miraba mis pies.

Pero cuando llegué a ese prado, entonces sí, me dejé caer sobre la hierba húmeda y fría, toda larga con los brazos extendidos, y miré al cielo.

El cielo.

No vi a Lancelot. Solo un cielo azul azul invadido por una hilera de nubes blancas que el viento barría a toda velocidad.

Es extraño que las nubes no se tuerzan. Eso es lo que pensé en ese momento. Parece que se muevan sobre unos raíles, que las pinten sobre unos renglones dibujados con regla.

Por un instante, ese pensamiento me tranquilizó. Lucas no me quería; Natalia llevaba mi pulsera; Pinilla estaba ausente en el planeta Zaera; Unai tenía un perro, un hermano, un padre muerto, y quería que matara a Lucas; mi abuela ya no nos hacía croquetas; mi abuelo pedía perdón por decir tacos, escuchaba canciones que hacían llorar y puede que hiciera pintadas; mi madre decía al abuelo «vete a la mierda»; un halcón había chocado contra mí... Pero las nubes se movían como siempre lo han hecho desde que el mundo es mundo, perfectamente paralelas al horizonte, y no tenían ninguna pinta de torcerse y colisionar con la Tierra. Al menos había algo que se mantenía en orden.

Y entonces, al pensar en el orden del universo, me dije: «Ahora vendrán a buscarme».

32
SOLA

Me incorporé y me quedé sentada, atenta al menor ruido.

De un momento a otro esperaba escuchar una voz a lo lejos gritando «Claaaaraaaa». Pero la voz no llegaba y solo se oía el inquietante sonido de las hojas azotadas por el viento. La humedad del suelo me estaba traspasando el pantalón y estaba empezando a quedarme helada.

No podía volver, no podía moverme de ahí. Era como si estuviera sentada en un campo imantado. La Tierra me atraía hacia ella con tanta fuerza que parecía que iba a tragárseme y llevarme hasta ese núcleo donde había intentado en vano enterrar la verdad.

Además, seguro que mis profesores estaban a punto de venir a por mí. En cualquier momento llegarían. Seguro.

Pero allí no aparecía nadie.

Estaba SOLA, más sola de lo que había estado nunca en la vida.

¿Cómo podía ser? ¡Tenían que estar buscándome! Los profesores, Pinilla, todos mis compañeros, ¡la guardia civil!, ¡la brigada de rescate!, ¡los helicópteros de salvamento!, ¡¡la legión!!, Lucas...

Lo único que explicaría que no estuvieran buscándome era que hubiera sucedido algo más gordo. Pero ¿qué puede haber más gordo que un alumno perdido? Y entonces mi cerebro, antes de que pudiera taparle la bocaza, soltó: «Un alumno muerto».

Y ya estaba empezando a imaginarme a Lucas asesinado por el loco de Unai, cuando lo oí.

No el grito de «Claaaaraaaa», no a Lucas Falcón. Oí al auténtico halcón. Lancelot.

¿Sabes cómo suenan los fuegos artificiales antes de estallar? ¿Sabes ese sonido agudo que acompaña a la luz que culebrea rápida en dirección al cielo? Pues así sonaba el grito de Lancelot. Como una advertencia de que algo estaba a punto de estallar.

Y estalló.

33
EL CURSO IMPERTURBABLE DE LAS NUBES

Oí el grito del halcón y me eché a llorar.

En medio del prado, sentada, abrazada a mis piernas, con la cabeza apoyada en las rodillas, mirando al suelo, dejé que mi cuerpo se sacudiera en cada hipido como si le dieran una descarga de quinientos voltios.

Quizá mi cerebro en realidad no estaba lleno de ideas pesadas y negras, sino de lágrimas, y solo tenía que sacarlas de ahí, arrancarlas, y hacerlo como lo estaba haciendo: sola, porque las manos que acompañan a las lágrimas, las manos que te acarician la cabeza mientras lloras, esas manos bienintencionadas, y la vergüenza no dejan que te sacudas como un animal.

La pena nos vuelve animales y, como dice mi abuelo, «el buey solo bien se lame».

Y yo era un animal que gemía y temblaba y lloraba.

Y lloré, y lloré, y lloré, y cuando ya no podía gemir más, cuando ya estaba tan agotada que no podía soportar ni una sacudida más, cuando ya las lágrimas me resbalaban suavemente por la cara, rodando sin prisa, como canicas sobre un plano apenas inclinado, volví a tumbarme.

¿Y sabes qué vi entonces?

Las nubes desplazándose perfectamente alineadas con el horizonte.

No hay dolor que cambie el rumbo del universo. Y no sé si eso es tranquilizador o escalofriante.

34
NIVELES

Mi padre revisa obsesivamente (mi padre todo lo hace obsesivamente) los niveles del coche. A fuerza de oírlo, he acabado por aprendérmelos: el nivel del aceite, el nivel del agua, el nivel del líquido de frenos... Si ves las piernas de un hombre que parece haber sido medio devorado por un Passat gris metalizado, hay un 89% de probabilidades de que estés viendo a mi padre. Cuando no está en la oficina, mi padre vive ahí, entre el motor y el capó de su coche.

No sé si los niveles esos están comunicados. A tanto no llego. Ignoro si al subir el nivel del aceite baja el del agua, o si van cada uno a su bola. Pero los líquidos de mi cuerpo sí funcionan así: se comunican. O eso me pasó allá en medio del prado.

Cuando mi nivel de lágrimas se quedó a cero, me subió el nivel de concentración de sangre. Toda, TODA la sangre de mi cuerpo se agolpó en el centro, en mi corazón. Estaba segura de que debajo de la cazadora blanca, del jersey morado, de la camiseta gris, tenía la piel al rojo vivo, de lo mucho que me ardía.

Porque mi corazón era una granada de mano y alguien, Unai, mi abuelo, Lucas, Lancelot, yo misma... yo qué sé quién, había tirado de la anilla y la había accionado como quien abre una lata de limonada. Ahora los trozos de metralla iban a impactar contra el primero que se pusiera en mi camino.

Me daba IGUAL quién fuera.

35
MECHA

El móvil. Tan sencillo como eso. Llamaría a Pinilla. Le preguntaría por dónde estaban buscándome, le diría que no se preocuparan, que iba a intentar volver, que creía saber cuál era el camino... Todo eso me iba diciendo mientras sacaba el móvil del bolsillo para encontrarlo... sin cobertura.
Perdida en el culo del mundo y sin cobertura.
Las nubes, esas nubes pachorronas, taparon el sol. Sentí frío.
Me levanté y eché a andar. Recordaba vagamente haber aterrizado en el prado desde el camino que salía a la derecha. Me metí por el camino. Era estrecho y estaba en medio de un bosque, un bosque frondoso. Lo veía ahora que avanzaba rápido pero sin correr, mirando algo más que mis pies. A mi alrededor oía pájaros graznando (porque los pájaros de ese bosque no piaban dulcemente, nada de golondrinas cantando a dúo con Blancanieves), hojas tiernas agitadas por el viento, hojas secas rompiéndose bajo mis zapatillas, cada vez más llenas de barro; ratones, ardillas, conejos, jabalíes, ciervos y vete tú a saber qué otras fieras escabulléndose entre los arbustos... Y el bombo entre mis costillas. Ese bombo que, después de una dura lucha interior, había decidido operarse y cambiar de género y ahora era una bomba. Todo el camino oyendo ese chisporroteo de la mecha, el chissss que va antes del BUM.

36
BUM

Por fin llegué.
Lo reconozco: no es 100% verdad que diera IGUAL quién se cruzara en mi camino.
Cuando subí por un terraplén y aparecí detrás del lugar de la exhibición, en el barracón donde estaban la cafetería y los baños, vi un montón de gente. Distinguí a la Perales, a Alfonso y al Lahoz, y a Blanca, a Magda, a Pablo... Y pasé de ellos.
Pasé de largo.
Me pareció oír que alguien me llamaba.
No hice caso.
Fui al baño. Y ahí, delante del espejo, pintándose los labios, ¡pintándose los labios!, estaba Natalia, tan concentrada que ni se dio cuenta de que yo entraba. Al estirar el brazo derecho para pintarse, bajo su manga asomó MI pulsera.
Y entonces la «buena persona» que era yo dobló los brazos y los estiró a esa velocidad insuperable que imprime la rabia.
La empujé con todas mis fuerzas. Quise estamparla contra la pared, descalabrarla, lanzarla a miles de kilómetros de mí, hacerla desaparecer... Ella no tuvo tiempo de reaccionar. Perdió el equilibrio y cayó al suelo.
No puedo recordar el sonido que hizo Natalia al caer, pero sí tengo clavado el «clang» del pintalabios al rebotar sobre la fría baldosa.
Y recuerdo también que cuando, al instante, corrí a encerrarme en uno de los baños, por más que me diera prisa en echar el cerrojo, no pude dejar fuera la imagen de una loca con cazadora blanca, los ojos como platos, el pelo revuelto, las mejillas rojas y la boca abierta; la loca que me había mirado justo antes de cerrar la puerta desde el espejo corrido del baño.
Se le había quedado enganchado en el pelo un trozo de hoja seca.
Se me había quedado enganchado en el pelo un trozo de hoja seca.

37
ENCIÉRRATE CONMIGO

Me encantaría que el capítulo anterior estuviera escrito en gris. Pero no, aquello no fue una fantasía. Aquello sucedió. No «sucedió»; lo hice yo.

Y ahora necesito que te encierres en ese baño conmigo. No queda papel. Huele mal. El agua que borbotea continuamente por el reborde del váter ha dejado una marca amarillenta contra la que el Pato WC ya nada puede hacer. Sobre las baldosas, agua gris y huellas de zapatillas. A la derecha del váter, un contenedor azul pocho con un asidero metálico. En la puerta, doscientos nombres escritos a rotulador. Y ahí, de pie, encerrada en ese cuartucho de dos por dos, pisando el charco de agua gris con sus zapatillas llenas de barro, mirando fijamente esa agua que poco a poco se tiñe de marrón tierra, dejando que su nivel interior de lágrimas vuelva a llenarse poco a poco, al ritmo del gotear del váter, una chica con un trozo de hoja seca en el pelo que siente un silencio mortal entre sus costillas y que espera que, de un momento a otro, un hilo de sangre se cuele por debajo de la puerta y se mezcle con el agua, con el barro, con las huellas de zapatillas.

Porque la madre de esa chica siempre ha presumido de «fomentar su creatividad y estimular su imaginación», y lo que ha conseguido es que ahora esa chica imagine a una compañera con fractura de base de cráneo, sangrando por el oído, y a un compañero grande, gordo, peludo y vestido de negro diciéndole: «Ella no, ella no...», y a Lucas Falcón sin el menor rastro de su sonrisa desarmante.

Y a María Pinilla hablando de ella, de esa asesina que acaba de matar accidentalmente a una compañera de clase, diciendo: «La conocía muy bien, era mi mejor amiga, jamás mataría a nadie. Era muy BUENA PERSONA».

ERA.

38
Y PERDÓNAME

No vamos a salir de aquí hasta que no dejes de mirarme así, hasta que no te des cuenta de que tú también podrías haberlo hecho. Es más, puede que tú te hubieses quedado ahí, fuera de este baño, donde los lavabos y el espejo, y le hubieses dado una patada a Natalia.

Entiéndeme. No estoy justificándome. No me siento orgullosa de lo que hice. Me muero de la vergüenza de tener que contarlo. Habría sido más fácil mentir o no contar ese capítulo. Pero si lo he hecho es porque necesito sentirme perdonada. Me porté como un animal.

No estoy 100% segura de que la pena nos convierta en animales, pero sé que la IRA sí. Fui una salvaje. Olvidé todo lo que había aprendido en todos estos años de adiestramiento. Igual que Lancelot cuando salió volando y desapareció.

Pero yo no quiero volver a portarme como un animal nunca más. Y por eso lo cuento.

Los animales no hablan ni escriben. No saben poner palabras a lo que les pasa. Equivocarse es humano, dicen. No sé. Yo creo que también los animales se equivocan. Lo que no hacen los animales es contar que se han equivocado.

Yo lo cuento. Lo contaría con la letra más pequeña que encontrara porque, ya te he dicho, me avergüenzo de haberlo hecho. Y esto es lo que me hace humana. Aunque sea una humana pequeñita.

Y ya. ¿Salimos?, que me estoy ahogando.

Yo no soy así.

39
ZOMBIS, RINOCERONTES Y SALVAVIDAS

Pero cuando iba a salir del baño, cuando ya había reunido el valor para girar el cerrojo y enfrentarme a lo que fuera (y lo que fuera solo podía ser Natalia tirada en el suelo sangrando, muerta), toda la puerta retumbó a lo bestia.

¡¡¡POM POM POM POM!!!

Y luego, la voz inconfundible de un zombi: Natalia, una muerta viviente.

—¿¿¿DE QUÉ VAS??? ¡¡¡ESTÁS LOCA!!!

Y luego, más pasos. Y la voz de mosquita muerta de Blanca diciendo qué pasa qué pasa qué pasa y una manada de rinocerontes entrando a la carrera y diciendo qué pasa qué pasa qué pasa. Y la voz que había ignorado unos minutos antes, la voz preocupada de Pinilla diciendo: «Luján».

Luján...

Me agarré a esa voz como a un salvavidas, la localicé mentalmente a la izquierda de mi cuartucho, cerca de la puerta de salida, cerré los ojos un instante, tomé aire, giré el cerrojo y salí a la carrera con mi doble radar detecta-amigas/esquiva-zombis.

Cogí a Pinilla de la mano y la arrastré corriendo fuera de ahí.

—Está bien, ¿verdad? —pregunté a Pinilla pensando en Natalia y su fractura de base de cráneo.

Pero Pinilla no estaba preocupada por Natalia.

—¿Dónde te habías metido? —me dijo—. Te he llamado mil veces. No me cogías. Te he mandado ochenta mensajes. Has estado un montón de rato fuera. Y eso de salir así corriendo... Te he estado buscando...

En sus frases cortas, disfrazadas de regañinas, reconocí ese mismo tipo de amor que practica mi madre.

Y volví a echarme a llorar.

40
PORTEROS Y REPORTEROS

Mi abuelo, que es de ciudad y que llevaba regular eso de ir al pueblo de la abuela, siempre dice que en los pueblos no hace falta prensa. Dice que eso de que allí la gente se dedica al campo y a las ovejas es mentira cochina (bueno, él lo dice de forma algo más contundente). Dice mi abuelo que la profesión que más abunda en los pueblos es la de portero. «Porteros y re-porteros, ¿no los ves? Todo el día en la puerta, esperando a ver quién pasa para contarlo después al vecino».

Si me gustara llevar la contraria a mi abuelo tanto como le gusta a mi madre, yo le diría que se equivoca, que no todos los porteros son unos cotillas, y que solo tiene que fijarse en Edgar, nuestro portero, para comprobarlo. Pero no pienso jugarme el puesto de nieta favorita, aunque también sea la única nieta.

En cualquier caso, mi colegio es como dice mi abuelo que son los pueblos. En mi colegio no hace falta periódico escolar. Mi colegio está lleno de porteros y reporteros.

A los cinco minutos de salir de aquel baño, ya todo el mundo sabía lo que había pasado, incluidos los profesores.

El titular: «LA LOCA DE LUJÁN HA PEGADO A NATALIA».

Noticia de relleno: «Un halcón se escapa en plena exhibición de cetrería después de chocar con una alumna histérica».

Del llanto, las nubes, el miedo, la vergüenza y el socorro, nadie dijo nada.

Pero ya lo dice también mi abuelo: «Si quieres saber lo que pasa, cierra el periódico y marcha».

41
GACELA A TIRO

Luego vinieron la bronca de Alfonso, mi tutor, y su amenaza de castigo, los miles de miradas detecta-locos que me perseguían allá donde iba y lo de Unai.

Yo me había ido con Pinilla y Zaera a un rincón perdido, a comer el bocadillo lejos de Natalia, lejos de Lucas, lejos de todos esos pares de ojos y filas de dientes que me miraban y cuchicheaban. Y entonces se acercó Unai.

Me estaba buscando.

Te lo advierto por si no lo has comprobado nunca: convertirte en una salvaje AGOTA. Yo no sé cómo acaban los guepardos después de perseguir a una gacela, pero yo no podía con el pelo. No tenía fuerzas ni para ponerme nerviosa al ver llegar a Unai, ni para pedir a Pinilla que se quedara en vez de aprovechar para irse con Zaera a por una limonada.

–Garza... –empezó a decir Unai–. Ella no...

Como en mi fantasía. No me lo podía creer. No valía. Si Natalia no estaba tirada en el suelo de un baño sangrando por un oído con fractura de base de cráneo, Unai tampoco podía decir «ella no».

–Ella no tiene la culpa de nada –acabó diciendo.

Ah, claro. Ahora venía el patético caballero a defender a su amada. ¿Me vas a obligar a decírtelo, Unai? ¿También tú necesitas oírlo? ¡Natalia NO te quiere!

Pero yo había decidido que ya no quería ser una salvaje. Era un ser domesticado y me habían adiestrado en cosas como «no llamarás feo a la cara a un feo» o «no dirás "no te quiere" a alguien que quiere que le quieran». Por eso solo le dije:

–¿De qué vas, Unai? Primero me dices que mate a Lucas y luego vienes aquí a defender a Natalia.

Unai me miró a los ojos con una extraña fijeza. Y en ese momento, en vez de mirarle a las pupilas, aunque parezca absurdo, le miré las pestañas y me di cuenta de que tenía muchas, muchísimas más que yo, y me las imaginé pintadas con rímel. Pero entonces, Unai desvió la mirada. Sus ojos resbalaron de mis ojos hacia abajo, hacia mis manos, que seguían sosteniendo mi bocadillo mordisqueado. Yo lo apreté fuerte y, al hacerlo, el pan crujió un poco y se cayeron varias migas al suelo. Para los pájaros.

—¿No pensarías que lo decía en serio? —dijo Unai, que seguía concentrado en mirar mi bocata como si fuera el Santo Grial o el Anillo Único.

Yo me reí demasiado alto y mi risa sonó como «ja, ja, ja», cuando las risas de verdad nunca suenan «ja, ja, ja»; las risas de verdad son imposibles de transcribir.

—¿Te crees que estoy loca? —le dije.

Unai no se rio.

—¿Te crees tú que estoy loco? Yo me refería a que tenías que matar su recuerdo —siguió Unai, totalmente serio—. Hacer como si no existiera, como si hubiera muerto. No estar todo el día pensando en él, imaginándote con él, acordándote de él…

Y yo, ya lo sabes, tenía las mejores intenciones. Me había reformado, había vuelto a mis hábitos de gatita doméstica, había decidido no ser un animal salvaje nunca más. Pero dime tú qué hace un felino si una gacela se le pasea por delante una y otra vez, le mira de reojo y le pestañea.

Yo te lo diré: se vuelve un GUEPARDO.

42
LUCHA EN LA SABANA

¿Qué hace un guepardo cuando una gacela le vacila? Está claro: lanzarse sobre ella con la boca abierta y con ganas.
Y eso hice yo con Unai.
¿Que matara el recuerdo de Lucas? ¿Que matara su recuerdo?
Vale, sí. Conozco las reglas básicas de la convivencia humana:

- no llamarás feo a la cara a un feo;
- no dirás «no te quiere» a alguien que quiere que le quieran;
- no recordarás a nadie que murió alguien que le quiso mucho (su padre, su abuela, un amigo...), y que por tanto ahora es un ser menos querido...

Pero yo no era una humana. Era un guepardo, y los guepardos no se detienen ante nada. Y allá fui:
—¿Pero quién te has creído que eres? ¿Me vas a venir tú a dar lecciones de cómo se mata un recuerdo? ¿TÚ? Mírate, Unai, con tus camisetas negras, tus jerséis negros, tu vida negra... con tus estúpidas versiones de la muerte de tu padre. Pero ¿cómo me puedes decir a mí que mate el recuerdo de Lucas? Si tan fácil fuera, ¿no crees que ya lo habrías hecho tú? TÚ, que llevas hasta los calcetines de deporte de color negro; que eres y siempre serás el pobre-niño-que-perdió-a-su-padre-cuando-era-pequeño; que llevas más de diez años sin lograr matar el recuerdo de tu padre. ¿Me vas a decir tú lo que tengo que hacer? ¿A MÍ, que llevo una cazadora blanca?
—Marrón —dijo en voz baja Unai.
—¿Cómo?
—Marrón. Llevas toda la espalda de la cazadora marrón —dijo Unai—. Será de tumbarte en el barro.
Yo callé y noté cómo empezaba a ablandarme igual que el pan se ablandaba bajo el sudor de mis manos.

Entonces Unai habló, con la misma pachorra de siempre, pero había algo distinto en él. Era como si ahora fuera más pequeñito, quiero decir, menos inmenso. Y me dijo afilando esos ojos llenos de pestañas, con ese aire nuevo de gigante encogido:

−Ni siquiera te has molestado en averiguarlo.

No me hizo falta que me especificara qué.

Mis manos se reblandecieron definitivamente y el bocadillo se me cayó al suelo.

Abrí la boca. Pero no me salió ni una palabra. Era verdad. Tan amiga de las adivinanzas que digo ser, había tenido la gran adivinanza delante de mis narices desde los cuatro años y no me había molestado en intentar averiguarla. Unai se dio la vuelta y se fue.

Es lo que les pasa a los guepardos cuando a mitad de bocado abren las fauces y se quedan empanados: que se les escapan las gacelas.

43
UNIVERSO PARALELO

Así, en esa misma posición, con la boca abierta, me encontraron Pinilla y Zaera.

–¿Estás bien, Luján? –me preguntó Pinilla mirando el cadáver de bocadillo que había a mis pies.

«No», le dije con la cabeza. Y me puse los cascos.

Pinilla le hizo un gesto a Zaera para que se fuera. Él se alejó y Pinilla, con delicadeza, me separó el casco del oído derecho.

–Luján... –me susurró.

–Ahora no –le dije apenas sin voz.

Ella se quedó a mi lado y luego me acompañó al autobús. Sentía su aliento ahí detrás, sus manos que me empujaban suavemente hacia lo alto de la escalera y luego a lo largo de ese pasillo estrecho lleno de ojos a izquierda y derecha. Me sentía como esos presos que salen en las películas, esos que van pasando una celda tras otra mientras desde dentro les jalean unos tiarrones que llevan escrito en la cara, en los tatuajes y en los músculos que nacieron para matar. Solo que a mí no me amenazaban. A mí se limitaban a dedicarme esa segunda versión de la mirada detecta-locos. Sí, la primera versión de una mirada así viene a decir: «Yo soy normal, yo no estoy loco, yo soy superior a ti». Pero la segunda versión dice: «Me das MIEDO».

Si decían algo de mí, no lo sé. No lo quise saber. Con los cascos puestos a todo volumen, solo oía a los Arcade Fire, *Une année sans lumiére*. Ahí estaba yo, en un universo paralelo de guitarras, batería y, en el fondo de la canción, de mí, de todo... silencio. «Hey!».

Me senté a mitad de autobús, lejos de Unai, lejos de Natalia y Lucas, que ocupaban los mismos asientos que a la ida. Pinilla se sentó a mi lado y yo apoyé la frente en el frío cristal. Al tercer «Hey!», decidí que se había acabado el silencio, y escribí:

Hey! ¿Sabes qué sé de ti?

Pinilla me miró de reojo y yo me encogí de hombros.

Casi al momento, a través de los cascos, un sonoro «diiiing» interrumpía a Win Butler y en mi móvil aparecía un mensaje de Unai diciendo: **Qué.**

Y yo le contestaba: **Sé lo que nos has dejado saber.**

Y luego, después de un rato meciéndome en la indecisión, en otro mensajito, cuando la guitarra metía prisa, y sonaba como una pandereta, y yo sentía otra vez ganas de correr pero estaba metida en un maldito autobús, el guepardo que hay en mí escribió: **Que necesitas matar a tu padre cada semana.**

La música siguió corriendo por mí hasta que se desvaneció el último acorde, se hizo el silencio y entonces, en ese tiempo muerto entre canción y canción, Unai dejó de estar en línea.

44
PROGENITORA (CINCO SÍLABAS)
SOLO HAY UNA

–Pero ¿qué te ha pasado? –me dijo mi madre al verme llegar–. Vaya cara traes.
Yo estaba demasiado cansada para explicar nada. Además, ¿qué podría contarle?
–¿Y el abuelo? –logré murmurar.
–En casa de la abuela.
Aunque siempre habíamos llamado así a la casa de los abuelos, fue entonces cuando me di cuenta por primera vez. Ahora que solo vivía ahí el abuelo, ahora que solo vivía el abuelo, seguíamos diciendo que estaba «en casa de la abuela». No podíamos decir que estaba «en su casa», y lo más parecido que lográbamos decir era que el abuelo estaba «en casa» cuando estaba con nosotras.
–¿Todo bien, hija? –insistió mi madre–. ¿Y la exhibición de cetrería?
Me la quité de en medio con un no muy convencido «bien» y me fui a mi cuarto. «Exhibición de cetrería...», iba pensando por el pasillo. Si estuviera el abuelo... Debo de tener la única madre capaz de preguntar por la «exhibición de cetrería», así, con esos palabros. Las demás...
Por un momento me imaginé a la madre de Natalia recibiendo a su hija pintada como una puerta, vestida como un pincel; a la madre de Lucas dando a su hijo un beso de esos que no son besos, un juntar de mejillas; al bueno del padre de Pinilla ofreciendo la merienda a María y a sus hermanos; a la madre de Zaera levantando los ojos de una revista donde sale ella para ver llegar a su hijo; y a Unai abrazado a su madre como un oso mientras ella le preguntaba: «¿Qué tal los pájaros, cariño?». Y me imaginé a mi madre, que habría vuelto a sus notas, ahí en el salón, con esa cara que se le pone cuando está preocupada.

Jamás lo reconoceré delante de ella, pero, de todas las madres, me quedo con la que dice «exhibición de cetrería». Con toda su mala leche, con toda su metomentodez, con todas sus palabras de diccionario. Me quedo con ella.

Y a esa fue a la que pregunté a la hora de cenar, cuando ya todo estaba oscuro:

—¿Sabes cómo murió el padre de Unai?

Y ella, la de las palabras largas, respondió:

—CLARO.

45
EN BUSCA DEL JAMÓN
Y DEL TIEMPO PERDIDO

Los halcones no ven bien de noche. Eso nos explicaron en la exhibición. Es como Magda. Magda tampoco ve bien de noche. Se empeña en quitarse las gafas cuando salimos. Se ve más guapa. Pero una noche me confesó que la seguridad que le da sentirse guapa se le escapa por las dioptrías. «No sabes qué perdida te sientes cuando no ves...», me dijo.

Así estaría Lancelot en ese momento: como un miope sin gafas, perdido. En un bosque, a una hora de autobús de la cocina de mi casa, refugiado en la rama de un árbol, esperando a que lo buscaran, deseoso de ser encontrado. Sin ver...

A la luz del fluorescente de la cocina, yo sí veía. Un plato con más judías verdes y menos trozos de jamón de los que desearía. Eso, y a mi madre delante de su plato con cara de «hace muchos muchos años, en un reino muy lejano...».

–Claro que me acuerdo –dijo mi madre olisqueando sus judías–. Lo del padre de Unai fue un *shock* para todos. Un hombre tan joven... De mi edad –y después de un silencio, añadió–: De mi edad entonces.

Luego volvió a quedarse callada. Por cómo movió los dedos sobre el mantel de la mesa, diría que estaba calculando cuántos años mayor era ella hoy. Y por la cara que puso, diría que se sintió terriblemente vieja y MORTAL.

–Creo que es el funeral más multitudinario al que he ido en la vida.

«Mul-ti-tu-di-na-rio». Seis sílabas. Y el abuelo en casa de la abuela...

–Parece mentira. De la noche a la mañana.

Yo buscaba los trozos de jamón mientras mi madre buscaba las palabras. No sé quién lo tenía más difícil, la verdad.

—Lo conocíamos todos los padres. Siempre que no tenía guardia en el hospital, era él quien iba a buscar a Unai.
—¿Era médico, como el padre de Lucas?
Mi madre asintió.
—De hecho, creo que trabajaban en el mismo hospital. La madre de Lucas lloraba sin parar en el funeral.
Me quedé con el tenedor en la boca. ¿El padre de Unai y el de Lucas se conocían? Eso no me encajaba con la relación que tenían Lucas y Unai, que no se llevaban, o se llevaban más bien mal. La cosa no cambió ni durante el poco tiempo que Lucas salió conmigo, y eso que Unai era de mi misma pandilla.
—¿Eran amigos? —pregunté a mi madre.
—¿Quiénes?
—El padre de Lucas y el padre de Unai.
—Sí, mucho. De hecho, ahora que lo dices, me extrañó que el padre de Lucas no estuviera en el funeral, con lo amigos que eran.
Mi madre se quedó un momento en silencio. De pronto, se le alisó la arruga que le fruncía el ceño y dijo sonriendo:
—Era divertidísimo. Siempre acababa haciéndonos reír. Llamaba la atención, tan alto, tan grande, tan guapo... —siguió mi madre.
—Te refieres al padre de Lucas, ¿no? —supuse yo al oír «guapo».
—No, te hablo del padre de Unai —dijo mi madre—. Sí que era guapo, sí. El hermano de Unai se le parecía mucho.
—¿El hermano?
—Sí, es mayor que Unai. Ahora debe de ir ya a la universidad. Todo el mundo en el funeral lo miraba y decía llorando: «Es el vivo retrato de su padre». Parece que en los funerales la gente se siente a gusto repitiendo las mismas frases. Son como mantras.
Yo intenté volver a centrarla.
—¿Y el perro?
—¿Qué perro? —me preguntó extrañada.
—Nada, nada...
Nos quedamos un instante en silencio.
—Aún no me has dicho cómo murió —le reclamé.
Mi madre bebió agua y después dijo:
—Fue en un accidente de coche.
Yo debí de poner una cara como si mi madre hubiera dicho «boxeando contra un elefante asiático en calzoncillos rojos», y ella se vio obligada a explicar:

–Sí, su coche se salió de la carretera.

¿Ya está? ¿Eso era todo? ¿Eso merecía preguntar con cara solemne «sabes cómo murió de verdad mi padre»? ¿Eso merecía mil versiones peliculeras? Al menos eso explicaba por qué había olvidado la explicación verdadera de cómo murió. Era cualquier cosa –tonta, frecuente, «normal», como dijo Pinilla...–, cualquier cosa menos memorable.

–¿Por qué lo preguntas ahora, hija?

–¿Por qué no pones más jamón, mamá?

46
UN GATO CURIOSO

Natalia en el suelo del baño. Unai alejándose de mí. Lancelot en una rama. Mis víctimas del día. Todas juntas en mi cabeza, tiradas, encogidas o perdidas, como asuntos pendientes que no me dejarían dormir. Tres zombis persiguiéndome, comiéndome el cerebro. Tenía que rematarlos, uno a uno.

Y empecé por Unai. Cuando terminé de cenar, me fui a mi cuarto y le escribí un mensaje.

Ya sé cómo murió tu padre. Y la verdad, no me impresiona.

Lo escribí rápido y con fuerza, como si quisiera borrar las letras del teclado. En realidad, lo que convertía mis dedos en martillos era una única idea: no pensar. No pensar en los pájaros, no pensar en las nubes, no pensar en lo que había hecho, no pensar en Lucas, no pensar en Natalia, no pensar en Lucas y Natalia...

Y solo de pensar en no pensar, PENSANDO.

Enviar el mensaje.

¡Espera, no!

Luján, tú no eres así. Tú no eres un guepardo. Eres una gatita doméstica, una humana, aunque sea una humana pequeñita. Dijiste que no querías volver a ser una salvaje...

Me convencí a mí misma. Un poco. Y a última hora borré: «Y la verdad, no me impresiona».

Ya sé cómo murió tu padre.

Le di a enviar y me arrepentí al segundo. Pero antes de que pudiera revolcarme en el blando y apestoso barro del arrepentimiento, oí el sonido amortiguado de un mensaje y me dio un vuelco el corazón.

Era Unai, y me decía:

Pues cuéntamelo.

Me ablandé al instante. Y se me puso dolor de cabeza con la rapidez con que se pone uno un sombrero. ¿Qué tipo de respuesta era aquella? ¿Para qué quería que se lo contara? ¿Acaso él no lo sabía? ¿Cómo no lo iba a saber?

De repente, me vino a mi cabeza dolorida la imagen de la madre de Lucas llorando en el funeral. Soy una experta en inventarme imágenes. La madre de Lucas llorando. Y entonces me inventé otra imagen: el padre de Lucas y el padre de Unai tomando un solo y un cortado en la cafetería del hospital.

Cogí el teléfono y abrí la conversación con Lucas. No quise ni mirar los últimos mensajes que nos habíamos mandado. Me concentré en escribir: **¿Tu padre conocía a Unai?** Y en un segundo mensaje: **¿Sabes cómo murió de verdad el padre de Unai?**

Y al momento, la pantalla del móvil me informaba de que Lucas estaba escribiendo.

Escribiendo...

Escribiendo...

Escribiendo...

47
CABOS SUELTOS

Lucas siempre escribía mensajes mínimos. Cortos y seguidos. Pero esta vez llevaba más rato escribiendo que nunca, y yo me estaba poniendo de los nervios.

Cuando por fin entró su mensaje, fue aún peor de lo que me temía.

A ver si tu madre puede hacer algo contigo, aunque lo dudo. Estás loca. De qué vas. Cómo tienes la cara de escribir como si nada después de lo que me has hecho.

No me podía creer que me hablara así. Le respondí:

¿Qué te he hecho yo a ti, eh, Lucas?

Y desde el teléfono de Lucas me llegó un mensaje que decía:

No soy Lucas. Soy Natalia.

Estaban juntos, Lucas y Natalia, en ese mismo momento. Y Lucas le había dejado su teléfono para que me respondiera.

No tendría que haberme sorprendido. Debería acostumbrarme. Pero no podía. ¿Se acostumbra uno a una herida? ¿Se acostumbra uno al dolor?

Busqué la canción del abuelo, la de *nemequitepá*. La escuché siete veces seguidas. Luego cerré el ordenador. Apagué el teléfono.

–Mamá, me acuesto ya. Me duele la cabeza –avisé.

–¿Tan pronto? ¿Estás bien, hija?

–Que sí, mamá.

Esa noche, en mi cabeza, monté a Natalia y Lucas en los asientos de atrás del coche que conducía el padre de Unai. A Unai lo coloqué en el asiento del copiloto. Así su megacuerpo no se desparramaría sobre el cuerpo de nadie más.

Estaba dispuesta a matarlos a todos en mis sueños. Adiós, Lucas. Adiós, Natalia. Adiós, U...

Pero a última hora, antes de caer profundamente dormida, antes de que aquella sombra de un hombre tan alto, tan grande, tan guapo hiciera sonar el motor de aquel coche, abrí la puerta del copiloto y saqué a Unai de ahí. No porque lo apreciara, no porque me diera pena. Lo saqué porque había algo que no me encajaba. Algo que aún tenía que averiguar. No puedo dejar un enigma sin resolver, no puedo con una adivinanza sin respuesta.

No puedo con los cabos sueltos. Desde pequeña.

La curiosidad mató al gato, dicen. Pero salvó a Unai. Al menos en mi sueño.

48
PESQUISAS PIJAMERAS

Sé lo que quería soñar aquella noche. Había planeado minuciosamente ese accidente en el que haría desaparecer a Lucas y a Natalia con la ayuda del padre de Unai. Pero no sé si logré estamparlos. Casi nunca me acuerdo de lo que sueño, y esa vez no fue una excepción. Igual es que no sueño. Dormida, digo. Será que ya tengo bastante con todo lo que sueño despierta.

Solo sé que a la mañana siguiente me desperté como si me hubieran dado una paliza, y esta vez... esta vez debía de tener tal cara que mi madre ni sacó el termómetro. Me bastó con murmurar un «no me encuentro bien» y me dejó quedarme en casa.

—Enseguida vendrá el abuelo —me dijo justo antes de salir—. ¿Seguro que estás bien?

—Seguro que no.

Soy una bocazas. No debí haberlo dicho. Por esas tres palabritas de nada, mi madre se fue con esa cara de angustia y culpabilidad que pone tan a menudo, esa cara de «lo-siento-me-tengo-que-ir-y-sé-que-debería-quedarme», esa cara que yo hago como que no veo porque no pienso regalarle un solo gramo de comprensión. Porque sí, preferiría que se hubiera quedado en casa conmigo; callada, eso sí. Pero sé que es mucho pedir.

Y me volví a la cama.

Aguanté tres minutos, o tres segundos, antes de levantarme y ponerme delante del ordenador. No pensar en lo que hice. No pensar en Lucas.

Google.

Nemequitepá de fondo.

Unai Hernán Sabina No-sé-qué Garzón. Tenía narices que supiera el segundo apellido de su madre pero no el de su padre. ¿Cómo demonios se llamaba el padre de Unai?

A ver. Si Unai tenía un hermano mayor, lo más probable es que su padre se llamara como su hermano mayor. Conozco cantidad de chicos que son el primero y que se llaman como su padre. Me sentí superinteligente cuando deduje todo eso yo solita. Horatio, RETÍRATE, que llega Luján. Solo había un pequeño problema: no sabía cómo se llamaba el hermano de Unai.

Ajá. Pero sabía cómo se apellidaba. Y no era «García Pérez».

Google: «Hernán Sabina».

El perfil de Unai Hernán Sabina en Facebook. Pero eso ya lo sabía. Y... ¡tachán!: Héctor Hernán Sabina, tercero en una carrera de cien metros lisos.

Un Hernán Sabina en chándal en un podio. Costaba creerlo.

Unai es un alumno destacado en Educación Física. Destaca por su lentitud.

Nada más. Pero ya tenía el nombre del padre de Unai. Seguramente. Y quizá si buscaba «Héctor Hernán»...

Google: «Héctor Hernán».

Mensaje de Pinilla al móvil, que dónde estaba. Le respondí sin explayarme: **Estoy malita.**

Muy malita? 😊, me escribió.

Lo superaré, le respondí, ansiosa de seguir con mis pesquisas.

Ella seguía en línea.

Te escribo luego, le dije.

Cuídate, Luján 😘, apareció en la pantalla de mi móvil, y en la pantalla del ordenador, más resultados de los que mi cerebro caracol podía procesar. La mayoría, Héctores argentinos. Y en cualquier caso, todos parecían tener algo en común además del nombre y del primer apellido, algo que los diferenciaba del Héctor al que yo buscaba: todos parecían estar vivitos y coleando.

Como mi abuelo.

—¡Moñacaaaa! —entró gritando en casa—. Ya me ha dicho tu madre que estás pachucha —le oí decir mientras avanzaba por el pasillo.

Entonces abrió la puerta de mi cuarto. Cuatro notas de *nemequitepá* se escaparon antes de que cerrara el ordenador y me girara hacia él. Conforme se desabrochaba la gabardina, iba apareciendo el dibujo de la abuela, que llevaba dentro para protegerlo de la lluvia.

—Jodó, sí que tienes mala cara...

Así es mi abuelo. Siempre sabe cómo hacerte sentir bien.

—¿No sabes entrar antes de llamar? —le dijo mi mala cara.

El abuelo arrugó el entrecejo.

–Sí –respondió tan pancho–. Es justo lo que he hecho.

Entonces me di cuenta de la tontería que acababa de decir. «Entrar antes de llamar». Lo había dicho al revés.

–Sí que estás mal... –comentó el abuelo, algo más suave–. Hala, vete a la cama. ¿Te traigo algo?

Yo dije que no con la cabeza.

Pero el abuelo no me hizo caso. El abuelo va A SU BOLA.

49
ESPIRAL LÁCTEA

El abuelo me trajo una taza de leche con cacao. Hirviendo. Con esa capita repugnante que se forma arriba del todo cuando calientas demasiado la leche. La traía en una bandeja verde con un Papá Noel que, en mi casa, trabaja todo el año, hasta en verano, junto a una cucharilla y una magdalena.

Metí la cuchara en la taza, retiré la capita de arriba y me puse a darle vueltas.

Mi abuela tenía en su casa... Mi abuelo tiene en su casa un cuenco tibetano que suena cuando das vueltas con una especie de mortero. Se supone que el sonido ese te hace meditar, o levitar, o algo acabado en «-itar». Pues a mí el clin-clin de la cucharilla *made in Spain* contra las paredes de la taza *made in China* casi me provoca algo parecido. Sentí que el sonido crecía y crecía y llenaba toda la urbanización, y por un momento me imaginé a Edgar escuchándolo desde su garita. Podría haber seguido dando vueltas a aquella cucharilla, levitando yo, a costa de mandar al fondo de ese remolino de leche todo lo que me hacía sentir desgraciada o culpable, pero me interrumpió el abuelo:

—La vas a marear.

—¿A quién?

—A la leche —respondió señalando la taza con la cabeza.

Solté la cucharilla y me puse a desenvolver la magdalena con la concentración de quien está haciendo una grulla de papel.

—Julián me ha pasado una película. ¿Quieres que la veamos? —me preguntó el abuelo.

—¿Julián padre o Julián hijo?

—Julián hijo —dijo el abuelo—. Se ha empeñado el muy pesado en que me guste un tal Burton.

Así, con u. Bur, de burro, ton.

—¿Burton?

El abuelo tiró encima de mi cama unos cuantos DVD. Casi me río.

—¡Burton, abuelo! ¡Burton! —le dije con mi mejor acento inglés.

—¿Barton? —me imitó él, y se puso a leer la carátula—. Pues aquí pone Burton.

—Pues se pronuncia Barton.

—Bueno, ¿qué, moñaca? —dijo agitando en la mano la peli de *Sleepy Hollow*.

Leí de qué iba la peli.

—Casi que me quedo en la cama.

—Ya. En la cama —dijo el abuelo mirando hacia mi ordenador.

A veces me gustaría ser como mi abuelo.

50
EL JUEGO DEL PAÑUELO

El abuelo se fue al salón con su Burton, y yo –bingo, abuelo– volví al ordenador.

Cinco profesores colombianos, un director de colegio mexicano, un arquitecto chileno... Ningún Héctor Hernán médico, padre de dos hijos, tan alto, tan grande, tan guapo, tan... MUERTO.

Y entre Héctor Hernán y Héctor Hernán, imágenes de Lancelot, de Unai, del baño, de un bocadillo en el suelo, de Lucas y de Natalia, del pasillo del autobús... colándose en mi cerebro.

Se acabó. Decidí ponerme a jugar a *Angry Birds*. Al fin y al cabo, eso era yo: un pájaro enfadado, una Garza llena de ira.

Creo que cuando vi las cejas en forma de V del pajarraco rojo del juego, mis cejas lo imitaron sin querer.

Había pasado siete niveles cuando sonó el teléfono.

–¡COGEEEE! –grité al abuelo.

–¡COGE TÚÚÚÚ! –gritó el abuelo.

Y el teléfono: ring, ring.

Aunque estábamos cada uno en un cuarto, era como en el juego del pañuelo. Igual que si estuviéramos uno frente a otro con el pañuelo, el teléfono, en medio. Pero el juego no era a ver quién lo coge, sino a ver quién no lo coge.

Y el teléfono: ring, ring. Al final, sospecho que en el último ring antes de que se cortara, lo cogió el abuelo.

El abuelo bajó el volumen de la peli; yo, el de la música. Hubo un silencio. Y luego subió el volumen de ese bombo que habita entre mis costillas y se hace pasar por un corazón.

Fue después de ese largo silencio, nada más oír al abuelo decir en voz alta, como para que yo lo oyera:

–¿Del colegio? ¿Un asunto grave? Sí, claro, soy... –y el abuelo alzó aún más la voz– su padre –y sonó como un taco. Y después le oí tomar aire y decir muy serio–: Dígame.

Y dejamos el juego del pañuelo para jugar al teléfono estropeado.

51
ACTORS STUDIO

Por un lado, deseaba salir corriendo al salón para oír mejor. Por otro, habría cogido los cascos y me los habría puesto a todo volumen. Pero no hice ninguna de las dos cosas.

Me quedé como un pasmarote, en mi silla, estirando el oído como si fuera un trozo de queso gorgonzola fundido.

—Sí, bueno —dijo el abuelo—, es que tenía unas décimas de fiebre. He venido a cuidarla. Su madre tenía que ir a trabajar.

Pedazo actor, mi abuelo. Tono de *soso-man*. Información pura y dura. Neutro. Ni un taco. Mi padre, vaya.

Silencio.

Y de repente, a voz en grito...

—¡¡No jo...

Mi abuelo.

—... ven.

¿«No, joven»? ¿Había logrado transformar un «no jodas» (perdón) en un «no, joven»? Mi abuelo es un genio. Un Óscar para mi abuelo.

—No tenía ni idea —siguió diciendo mi abuelo-padre, alto adrede, dedicado para mí—. Clara no nos contó nada de la excursión. Dijo que todo bien. Esta hija...

El abuelo deslizándose por la cuesta de la sobreactuación.

Y ya no pude resistirlo más. Supongo que tendría que haber seguido escuchando, pero era superior a mis fuerzas. Me puse los cascos y me lancé a gritar como una loca *Rolling in the deep* tumbada en la cama, sintiendo el peso de mi cuerpo sobre el somier, hundiéndome en un colchón de desesperación.

Cuando acabó la canción, me puse de pie y abrí la persiana. Habría dado igual dejarla cerrada. Fuera llovía y estaba tan oscuro que tuve que seguir con la luz encendida.

Estaba mirando esas gotas que me acompañaban en mi desgracia, esas gotas que no tenían otra opción que caer y caer, una detrás de otra —ni una se salvaba—, cuando entró el abuelo. Sin llamar antes.

–Ya sé lo que te pasa a ti, ya... –dijo apoyado en el marco de la puerta–. Pero espera a que lo sepa tu madre.

Yo me volví hacia la ventana y miré la lluvia que caía sobre la piscina, agua sobre agua. ¿Qué le importaba a la piscina una gota más? ¿Qué es una mancha más para un guepardo?

52
PAIN BEAT

Cuando me di la vuelta, el abuelo estaba sentado delante del ordenador, ante esa pantalla con diez resultados de Google para la búsqueda de «Héctor Hernán». Pero el abuelo, como siempre, iba a lo suyo.
—A ver, moñaca, cómo haces para buscar los vídeos esos.
—¿YouTube? —pregunté.
—Eso, eso. ¿Dónde se busca?
Me temo que en ese momento había perdido toda autoridad para pedirle que se fuera del cuarto y que me dejara sola. Resoplé, me puse a su lado, abrí una nueva pestaña y entré en la página de YouTube.
—¿Qué quieres poner?
—Qué quiero poner, no. Qué vas a escuchar —dijo el abuelo, y solo cabía responder: «Señor, ¡sí, señor!»—. Déjame a mí. Dime dónde se escribe.
Le puse el cursor en la barra de búsqueda y él escribió: «cette colère».
Suelo vivir unos minutos o unas horas por delante de lo que me toca. Normalmente no vivo en el presente sino en una mezcla subjuntiva de presente - futuro (imperfecto, siempre imperfecto) - condicional. Y así me va, que cuando el presente me atropella, nunca resulta como yo había vivimaginado: ni Lucas me acaricia el pelo, ni me besa en un oasis, ni escribe CLARA en la pared de la urbanización, ni me rescata de una red vestido de marinero, ni... Todavía estoy esperando a que un día la realidad me sorprenda para bien.
Pero esta vez estaba tan derrotada que ni pude adelantarme a lo que mi abuelo iba a ponerme. Solo sé que, de haberme adelantado como siempre, no habría acertado.
—¿¿¿Y esto???

«¿Y esto tan moderno?» era la pregunta completa. Nada de cantautores belgas del año de la tos. Algo como un rap, pero en francés. Un tal Michel Cloup.
–Lo pone Julián a todas horas.
–¿Julián hijo?
–Calla y escucha.

Y al principio intenté entender, y entendía palabras sueltas, algo de la espalda destrozada, de un animal y del pánico, pero entonces entró otra guitarra y ya dejé de intentar entender y solo oía una batería que sonaba como si la tocara un moribundo, alguien muerto de cansancio y de dolor pero que reúne sus últimas fuerzas para hacer sonar esa batería con la rabia de quien se está muriendo y no quiere morirse. Y era así también como sonaba la voz del cantante, tocada y hundida. Muy hundida. Como yo, vaya.

Pero no era yo la que cerraba los ojos y cabeceaba despacio pero firmemente con la cabeza, acompañando a la batería, siguiendo el ritmo del dolor. Era el abuelo.
–No entiendo ni papa, abuelo.

53
LECCIONES DE RECICLAJE

Con los ojos cerrados, sin dejar de afirmar con la cabeza, el abuelo fue haciendo de subtítulos parlantes:

–Tú también estabas perdido, aún más que yo, tu primera experiencia de duelo, de ausencia (...). Me habría gustado tranquilizarte porque tenías miedo, pero yo era incapaz, porque yo también tenía miedo; explicarte lo inexplicable para aceptar lo inaceptable (...). No hay ninguna otra salida de emergencia que transformar esta rabia en energía, en amor. Tenía que hacerlo por ti: reciclar esta cólera (...) reciclar esta cólera porque hoy más que ayer, esta cólera sigue siendo mi mejor carburante.

Y nos quedamos escuchando aquella voz, aquella batería y aquella guitarra reciclando esta cólera, reciclando esta cólera, reciclando esta cólera (es que lo repetía un montón de veces el cantante). Y cada vez que lo decía, yo recordaba el momento en que empujé a Natalia al suelo, ese momento en que transformé mi rabia solo en odio. Y de repente, en mi cabeza, en vez de recordar el momento tal y como había sucedido, me pasé la película al revés: me vi salir del cuartucho con una hoja en el pelo y cara de susto, vi a Natalia levantarse del suelo y me vi a mí misma andando hacia atrás, entrando en aquel baño.

Luego miré a mi abuelo, que seguía moviendo la cabeza, y me puse a mover la cabeza como él, y aunque la música, la lluvia que caía fuera, las cosas que nos pasaban últimamente... todo estaba preparado para que nos echáramos a llorar, de pronto fue como si mirara la escena desde fuera, y nos vi tan extrañamente cómicos –el abuelo con una camiseta nueva asomando bajo la chaqueta sin dejar de mover la cabeza, yo con el pijama de la abuela y mis pelos de loca moviendo la cabeza a la vez, oyendo a un grupo francés raro como solo podía serlo Julián hijo...–, que sonreí. Sin dejar de mover la cabeza, le abrí la chaqueta para leer lo que ponía en la camiseta: «Nunca acabo lo que emp». Sonreí un poco más.

El abuelo, al verme sonreír, sonrió y me dijo:

—Mira, moñaca, no sé qué te pasa, pero no puedes estar más cabreada con la vida que yo.

No hizo falta que me lo explicara. Supe al momento de lo que estaba hablando: de la abuela, más joven que el abuelo, más alegre que unas castañuelas, más fresca que una lechuga, más fuerte que un roble, más sana que una manzana, más feliz que una perdiz... La colección más superlativa de tópicos de los buenos, eso era la abuela, una mujer que no podía morirse. Nunca. Y menos que nunca, antes que el abuelo.

Con aquella música de fondo, mi abuelo y yo nos dimos el abrazo que no nos habíamos dado en el funeral de la abuela con tanta gente llorando y tantas flores y tanto trajín de primos segundos y tíos terceros. Y no lo hicimos llorando. Vale, puede que el abuelo no tuviera a la abuela, ni yo tampoco, y que yo no tuviera a Lucas, pero al menos yo tenía al mejor abuelo geropunk del mundo, y él me tenía a mí, y eso era motivo suficiente para sonreír. Mientras le abrazaba, me pregunté desde cuándo el abuelo era más bajo que yo, en qué momento yo me había estirado y él se había encogido, y la vida había hecho que ahora sintiera como si pudiera coger al abuelo, antes tan grande, entre las palmas de las manos, como una delicada mariposa.

Y cuando, siglos después, nos soltamos de ese abrazo, el abuelo dijo: «Espera». Puso otra canción, que se llamaba *Aquellas pequeñas cosas*, salió por el pasillo y volvió con el dibujo de la abuela y los rotuladores.

No hizo falta que dijera nada más.

Sentados en la mesa de mi cuarto, sin prisa, mientras sonaban canciones de ese cantante que tanto le gustaba a mi abuela, terminamos de pintar el cuadro.

Concentrada en el movimiento de mi mano con el rotulador, recordé la suavidad de las manos de mi abuela. Me las sabía de memoria, sus manos —sus manchas, sus venas rugosas, sus nudillos hinchados, sus dos anillos, sus uñas tan cortas...—, porque les había puesto crema miles de veces. Era mi excusa para acariciarla un rato más.

Yo acabé de pintar las hojas de los árboles combinando el verde claro y el verde oscuro. El abuelo pintó las plumas del segundo pájaro, el que quedaba por pintar. Lo hizo igual que lo había hecho la abuela: rojo, con un poco de naranja en el pecho y los extremos de las alas marrones. Nadie habría podido distinguir qué trazos eran de la abuela, cuáles del abuelo y cuáles míos.

Y todo era amor, aunque parte de ese amor fuera cólera reciclada, y supe que ese momento era también delicado como una mariposa.

54
CÓMO ESTAMPAR UN MOMENTO MARIPOSA

Solo quedaba por pintar uno de los polluelos que estaban en el nido.

—Se lo podríamos dejar pintar a mamá —dije al abuelo.

Fue como si la hubiera convocado. En ese momento, sonó el teléfono y era ella.

Por suerte, esta vez lo cogí yo.

—¿Diga?

—Por fin, hija —dijo mi madre, acelerada y molesta—. He estado llamando hace un rato y no hacíais más que comunicar. ¿Con quién hablabais?

Zas. Mariposa estampada. La llamada del colegio.

—No sé, mamá. Lo ha cogido el abuelo. Querían venderle algo —improvisé.

El abuelo me lanzó una mirada criminal. Sí, ya sé que dar explicaciones cuando no te las piden es como tatuarse «soy culpable» en la frente. Pero qué quieres, acababa de salir de lo más profundo de un abrazo y de las manos de mi abuela y no estaba para jugar al ajedrez ni para pensar estrategias.

Sin embargo, mamá no se extrañó de mis explicaciones. Se preocupó. Y mucho, al parecer.

—¿Al abuelo? —dijo con un hilo de voz—. Dime que no ha comprado nada.

—No, no, tranquila. Solo les ha insultado —me inventé, un poco más estratega. Que el abuelo mandara a freír espárragos a un televendedor era de lo más verosímil.

—Uf —suspiró mi madre, aliviada. ¿Aliviada porque les hubiera insultado?

—Ya sabes, en su línea —añadí yo intentando ganármela.

Paré la música, que ya no acompañaba.

—¿Y ahora qué hace? —preguntó. Y confieso que empecé a mosquearme porque se preocupara más por él que por mí, que supuestamente estaba enferma. Además, ¿qué podía responderle? ¿Que estaba enseñándome a reciclar? ¿Que estábamos ayudando a la abuela a acabar lo que había empezado y que le guardábamos un cachito porque seguro que a la abuela le habría gustado que ella también colaborara?

—Está viendo una peli, *El hombre sin cabeza*.

—*El hombre sin cabeza* —rumió mi madre antes de sentenciar ahora ella—: En su línea.

—¿Quieres que se ponga?

—¿Quién? ¿El hombre sin cabeza?

—El abuelo.

—Pues eso —respondió mi madre—. No, no.

Pero yo, por si acaso, avisé al abuelo:

—Abuelo, es tu hija —le dije sin retirarme del teléfono—. ¿Quieres ponerte?

—No —dijo el abuelo, muy seco, casi al mismo tiempo que mi madre se apresuraba a decir:

—Nada, hija, que solo llamaba para ver qué tal estabas. Te dejo, que tengo mucho lío. No andes descalza.

Y colgó.

Adiós-mamá-yo-también-te-quiero-gracias-por-preguntar-ya-estoy-mejor-gracias-el-abuelo-me-está-enseñando-a-reciclar-y-a-hacer-de-mi-cólera-mi-carburante-y-he-hecho-un-primer-ensayo-abrazando-al-abuelo-y-ha-salido-muy-bien-igual-deberías-probar-tú-a-darle-un-abrazo-y-además-estamos-terminando-el-dibujo-de-la-abuela-y-nos-está-quedando-precioso-y-tendrías-que-ayudarnos. Pero de todo esto no te enterarás, claro, porque tienes mucho lío. Como el 94,3% de las veces.

55
BLANCO Y EN BOTELLA

Cuando colgué el teléfono y dejé de mirar por la ventana, el abuelo se había escaqueado hacia el salón.
—¿Qué haces, abuelo? —lo intercepté en el pasillo.
—Lo que se supone que estoy haciendo: ver la peli.
—Abuelo... —y sonó como una señal de STOP, solo que junto a las letras negras de STOP estaba también escrito PLEASE.
El abuelo paró, no sé si por miedo a una multa o por el tono de *please* o porque tenía el modo geropunk *off*, pero se volvió hacia mí y me dijo:
—¿Qué?
—¿Qué pasa? —le pregunté con infinita paciencia, queriendo saber de verdad—. ¿Qué te pasa con mamá?
—Nada.
Ahí estábamos como dos pasmarotes, en medio del pasillo, apoyados en la pared, sujetando la pared, con la luz apagada, medio a oscuras, y aun así, la culpabilidad brillaba en la cara del abuelo como una antorcha olímpica.
—Es por lo de las pintadas, ¿no? —le dije al abuelo. Era un farol como una casa, porque yo no tenía ni idea de lo que se traía entre manos el abuelo.
Él retrocedió con cara de susto. Pasó por delante de mí y volvió a meterse en mi cuarto. Yo fui detrás. El abuelo se sentó en el borde de mi cama y me preguntó:
—¿Qué sabes de eso?
Lo vi tan asustado que no fui capaz de seguir hablando de farol y le conté la verdad.
—Nada, abuelo. O lo suficiente, porque blanco y en botella. Y esto es verde y en espray.
El abuelo no se rio.

—Lo que sé —seguí yo— es que mamá encontró un montón de espráis y rotuladores para hacer pintadas y me echó una bronca que te cagas...

—Ese vocabulario, niña —me interrumpió el abuelo. El colmo del cinismo.

—Una bronca que defecas —le fastidié—. Y que un día vi que tenías una camiseta manchada justo del color de los espráis.

—¿Cuál? ¿Dónde estaba la mancha? ¿La vio tu madre? —preguntó sin molestarse en disimular.

—Que yo sepa, no. ¿Se puede saber en...?

Pero el abuelo no me dejó continuar.

—Por favor, Clara, no se lo digas a tu madre. No sabe nada de esto.

—¿De qué exactamente?

—Hum... Digamos que es una forma de reciclaje de la cólera. Por favor...

—Pues cuéntamelo y no se lo digo —le chantajeé.

—No puedo. Pero por favor, Clara...

Y de repente se le iluminó la cara y dejó de parecer un pajarillo indefenso.

—Además, no creo que estés en condiciones de exigir nada. Si tú cuentas lo poco que sabes, una mancha de la que ni siquiera tienes pruebas, yo cuento lo mucho que sé: agresión a una alumna, expulsión del colegio tres días... ¿De verdad quieres negociar? ¡JA!

Mierda (perdón). Me había olvidado de la llamada del colegio que había cogido el abuelo.

—Solo dime una cosa —le pedí—. ¿Qué te pasa con mamá? Si no sabe lo que sea que tenga que saber de unas pintadas, ¿por qué está tan mosqueada contigo?

—Cosas nuestras —zanjó el abuelo—. Mañana y pasado seguirás enferma, ¿de acuerdo? Así tu madre no se enterará de que te han expulsado.

Era su manera de recordarme que no estaba en posición de negociar ni de pedir explicaciones.

Sin esperar a que yo dijera «de acuerdo», el abuelo se levantó del borde de la cama, se fue hacia el salón y siguió viendo la peli.

Yo me senté al ordenador y, cuando le di a *play*, Serrat cantaba «nunca es triste la verdad, lo que no tiene es remedio». Desde una pestaña, «Héctor Hernán» me pedía que siguiera buscándolo.

56
TRUCOS INÚTILES
PARA DISTRAER TU CEREBRO

No me hizo falta mirar la hora para saberla: la hora del recreo. En el mismo instante me entraron tres mensajes: Pinilla, Magda y Unai.

Pinilla, que si estaba mejor, que si quería que se saltara la clase para venir a verme, que habían encontrado a Lancelot, y que me tenía que cotillear, que Alfonso ya había contado a todos lo de mi expulsión. Magda, que qué tal, guapaaaa. Y Unai...

No quería leer el mensaje de Unai.

Hice como que no lo había recibido. No lo leí. No quería que él viera cómo aparecían dos tics verdes junto al mensaje, la señal de que seguramente lo habría leído. No quería estar en línea, no para él.

Dejé el teléfono en lo alto de la estantería, lejos de mi vista, y me tumbé en la cama. Una tontería como una casa, sí, como si no estuviera pensando todo el rato en el móvil... Pero cada uno elige su propia forma de engañarse y de hacer como que ignora aquello en lo que piensa, lo único en lo que piensa, y he conocido otras peores. Pinilla, sin ir más lejos, tiene una mariteoría sobre esto. Cree que si ocupas mucho, mucho un sentido, los demás se despistan. Como cuando cierras los ojos para oler mejor, solo que al revés. Ella, por ejemplo, cuando quiere no pensar en algo, habla en voz alta. Dice cualquier cosa, la primera tontería que se le ocurre. O tararea una canción. Dice que así ocupa sus oídos con otra cosa y distrae su cerebro. Yo creo que, en el fondo, eso sirve para poco, que debajo de las tonterías o las canciones, eso en lo que uno no quiere pensar está brillando como un Gusy Luz, y que tararear algo para evitarlo es como intentar esconder el brillo de una barra de uranio radiactivo con un pañuelo de gasa.

Pero estaba dispuesta a cualquier cosa con tal de no pensar. Así que me tumbé en la cama con los cascos puestos cantando como una posesa, intentando no oír la película del abuelo, intentando que funcionara la mariteoría de distrae-tu-cerebro... Pero pensando en todo en lo que no quería pensar: en mi abuela que ya no estaba, en mi abuelo palestino y mi madre israelí, en mi expulsión, en Lucas y Natalia juntos, en el mensaje de Unai por leer...

Por un momento traté de distraerme imaginando a Lancelot aleteando en el cielo, de vuelta a casa. Pero ni siquiera eso me tranquilizó. Porque, sí, habían encontrado a Lancelot, eso decía Pinilla en su mensaje. Pero no sabía si alegrarme. No sabía si Lancelot quería que lo encontraran o habría preferido perderse definitivamente.

57
EXPULSITIS

Consulté la hora. Ya estarían en clase. Me sentí un poco más a salvo. Miraría el mensaje de Unai tranquilamente, sin que él viera que yo estaba en línea.

Lo último que había sabido de él es que me había pedido que le contara cómo había muerto su padre. A mí.

Me armé de valor y cogí el móvil.

Me arrepentí al momento.

Unai estaba en línea. Él, que rara vez incumple las normas, estaba en clase con el móvil encendido, pendiente de los mensajes. Pendiente de mí.

Y lo que me había preguntado era si podíamos vernos.

Estoy enferma, le contesté.

De expulsitis, supongo 😏, respondió.

Qué listo.

¿Nos vemos esta tarde?, insistió.

Sin rodeos.

Vaya, pues yo también iría sin rodeos.

No.

OK.

Y en la pantalla de mi ordenador, un cabo suelto llamado «Héctor Hernán» pidiéndome a gritos que quedara con su hijo.

Unai seguía en línea, yo seguía en línea, los dos agazapados, como dos cazadores esperando el momento de lanzarse a por una presa.

Por un momento pensé que, si iba a ver a Unai, mejor sería hacerlo en mi casa, cuando estuviera mi abuelo, un geropunk capaz de todo, o mi madre, una psicóloga que podía actuar en caso de emergencia si a Unai se le iba la pinza, porque Unai no dejaba de darme un poco de miedo. Y además, de cara a mi madre, casi hasta parecería normal que viniera a traerme los deberes, porque yo estaba enferma. De expulsitis, claro.

Está bien, acabé escribiendo.

Ven a casa.

Esta tarde.

Y Unai respondió:

Pero, no sé por qué, no pude imaginármelo sonriendo.

58
ESPERANDO A CARA DE LOCO

Así que ahí estaba yo, dejando pasar las horas hasta que viniera a mi casa una mole vestida de negro a reclamarme una explicación sobre la muerte de su padre. Y, tan experta que soy en adelantar acontecimientos y en crear versiones del futuro, por más imaginación que le echaba, no pasaba de inventar dos posibles escenas.

Escena 1
GARZÓN: ¿Qué, Garza? ¿No tenías algo que decirme?
GARZA: Tu padre murió en un accidente de coche.
GARZÓN: *(Llorando)*. ¿Cómo lo has sabido?
GARZA: Me lo dijo mi madre. Y no es para tanto, me parece a mí.
GARZÓN: *(Mirando a Garza fijamente a los ojos con cara de loco).*
Cuando se muera tu padre, me cuentas si no es para tanto.

Escena 2
GARZÓN: ¿Qué, Garza? ¿No tenías algo que decirme?
GARZA: Tu padre murió en un accidente de coche.
GARZÓN: *(Mirando a Garza fijamente a los ojos con cara de loco).*
Eso es lo que todo el mundo cree...

Estaba convencida de que tenía un 45% de posibilidades de que pasara la escena 1 y un 55% de que sucediera la 2. En cualquier caso, no había forma de que la conversación saliera bien. Estaba claro que, de una manera u otra, Garzón iba a acabar mirándome fijamente a los ojos con cara de loco. Y vete tú a saber si iba a hacer algo más.

Pero en poco tiempo iba a averiguarlo.
–Vaya mierda de película –entró mi abuelo sin llamar.
Gritó tanto que no me hizo falta quitarme los cascos para oírlo.

–Una gilipollez y una cursilada del tamaño de una catedral churrigueresca.
–Vaya, parece que te ha gustado Burton.
–Una mierda pinchada en un palo. ¿Comemos, moñaca?
Mi abuelo es un hacha abriendo el apetito.

59
TUMBING

El abuelo es tozudo hasta para lo que no le gusta. Después del fracaso con *El hombre sin cabeza*, cualquier otro habría abandonado la idea de ver más películas, pero el abuelo no. El abuelo tenía que comprobar una a una lo poco que le gustaban para después dar la tabarra a Julián hijo durante horas. Así que después de comer apagó la luz, nos quedamos casi a oscuras porque el día seguía negro y lluvioso, y puso *Pesadilla antes de Navidad*. Yo me quedé en el sofá medio viéndola medio sesteando. El ruido de las gotas de lluvia contra el cristal parecía parte de la banda sonora; los nubarrones negros tras la ventana, parte de la escenografía.

De vez en cuando miraba de reojo al abuelo. Al principio, cuando vio que la película era de animación y que el protagonista era un esqueleto larguirucho, casi le da un soponcio. Y cuando se dio cuenta de que era medio musical, estuvo en un tris de apagarla. Pero la tozudez es una fuerza prodigiosa, es la fuerza que mueve el mundo, al menos el mundo de mi abuelo. Además, habría jurado que le estaba gustando.

Cuando el teléfono de casa volvió a sonar, no movió un dedo para cogerlo. Era mamá, que perdón perdón perdón pero que se iba a retrasar.

Pues vale.

Luego me llegó un aviso al móvil.

Voy.

Me dio un escalofrío. Ya no sabía si era el mensaje, la película o que estaba cogiendo una gripe de verdad.

Seguía en pijama. Con una sudadera encima. Mis pelos de loca. Mi mala cara, esa que el abuelo se molestó en recordarme que tenía. Debía de tener un aspecto deplorable. Pero me daba igual. Ya todo me daba igual. Ni me moví del sofá. ¿Voy? Pues que viniera.

El abuelo se había acostumbrado a las visitas continuas de Pinilla a casa, así que cuando sonó el interfono preguntó: «¿La hija de la ministra?», más por tener una coartada para no moverse del sillón que por verdadero interés.

–No –respondí yo.

–¿Quién? ¿El guapete?

Intenté recordar cuándo habría visto el abuelo a Lucas, pero antes de que lo hiciera sonó el timbre de la puerta.

60
TRABALENGUAS

Me mordí la lengua para no decir al abuelo que quien venía no era «el guapete» ni «la hija de la ministra», sino «el gordo» o «el hijo de un muerto», porque igual que para muchos María, mi amiga Pinilla, era solo la hija de una ministra, o Zaera el hijo de una famosa actriz, para medio colegio Unai era el niño sin padre, o el gordo. Pero pasé de explicar nada al abuelo.

Cuando hice pasar a Unai al salón medio a oscuras y su figura negra y chorreante apareció en la puerta, el abuelo dio un respingo.

—Desde luego, no te confundirán con Jack Skellington, pero, chaval, reconozco que podrías ser el rey de Halloween.

—¡Abuelo!

No sé por qué protesté. Tratándose del abuelo, casi debería agradecerle que llamara «gordo» a Unai de una forma tan sutil.

—Es que no me digas que no da miedo... —aún tuvo el valor de defenderse el abuelo.

Pero Unai no pareció molestarse en absoluto.

—¡*Pesadilla antes de Navidad*! ¡Me encantó esta peli! —exclamó, y fue hacia el sofá mirando embobado la televisión.

Estaba claro que pensaba sentarse a ver la película.

A menos que yo se lo impidiera, claro.

—Eeeh... Garzón... ¿Mis deberes?

—Ah, sí, sí —respondió sin dejar de mirar la tele.

—¿Vamos? —insistí, de pie, ladeando la cabeza hacia mi cuarto.

—Eh, voy, voy —dijo, aún hipnotizado por el esqueleto aquel de la peli.

—Chico, yo que tú iría —le dijo el abuelo—. Con las mujeres de esta familia, no hay nada que hacer.

Odio esos momentazos de solidaridad masculina.

Pero al menos la cosa funcionó. Unai no llegó a sentarse, muy a su pesar, y me siguió por el pasillo hasta mi cuarto.

Cuando encendí la luz del cuarto, lo vi en todo su esplendor.

–¡Estás empapado! –dije. Soy la reina de la obviedad.

–Llueve –dijo él. Sería un buen rey consorte de la obviedad.

–¡Quítate la chaqueta!

–¡¡Hazlo, chico!! –se desgañitó mi abuelo desde el salón–. ¡¡No tienes nada que hacer ante una Garza!!

–¡¡¡Abuelo!!!

No me lo podía creer. Mi abuelo, que siempre va a lo suyo, había bajado el volumen y nos estaba espiando, y como pasa de todo, pasaba hasta de disimular que nos estaba espiando.

–Tu abuelo es un cachondo mental –dijo Unai.

–¡Tú también me caes bien, chico! –vociferó el abuelo.

Unai se sacó la mochila, se quitó la cazadora, se echó para atrás el pelo empapado y sonrió. Así repeinado para atrás, parecía uno de esos de las películas antiguas, un dueño de un periódico o un productor de musicales.

–¿De veras quieres los deberes? –dijo Unai en voz baja.

–Cómo quieres que te quiera si el que quiero que me quiera no me quiere como quiero que me quiera.

Lo solté así, sin pensar, a toda velocidad. Lo hice solo porque la pregunta de Unai había sonado como un trabalenguas, pero nada más ver la cara de Unai, roja como un tomate, me di cuenta de lo que acababa de decir.

–No, hombre, Garzón... Es que de pequeña jugaba a responder con un trabalenguas a otro trabalenguas, y ese es el primer trabalenguas que... –me empecé a justificar.

Pero Unai me interrumpió, y en vez de negar que él quisiera que yo le quisiera, me dijo:

–Tranquila, Garza, si yo ya sé que tú juegas en otra liga, como Natalia.

Natalia... Su nombre se quedó resonando en mi cuarto, y odié que ocupara ese espacio sagrado, ese espacio que era mío y solo mío, y donde no debería entrar ella jamás.

Pero ahí se quedó, flotando entre Unai y yo, entre Garza y Garzón.

61
LECCIONES FUTBOLÍSTICAS

Sacaría el nombre de Natalia de mi cuarto a patadas.

—No digas chorradas —le dije, aunque en el fondo creía que tenía razón, que era verdad que él jugaba en otra liga.

Unai se dejó caer sobre mi cama. Sentí lástima por mi somier. Ese mismo día ya había soportado el peso de la culpabilidad de mi abuelo, y ahora esto, el inmenso peso de Unai y su pena.

—Tú eres de primera división, Garza. Si tú no eres de primera, yo...

No podía soportar a Unai en modo víctima. Lo bordaba. Llevaba años entrenando para ese papel.

Pues se lo iba a quitar yo.

—LUCAS sí es de primera. Lucas es a lo máximo a lo que yo podría aspirar. Y lo tuve y lo perdí. Y ahora me pasaré el resto de mi vida recordando ese momento.

—No me seas Alcorcón.

—¿Ein?

Unai volvió a repeinarse. Aún tenía el pelo húmedo. Quizá debería haberle ofrecido una toalla, pero aquella no era una visita de cortesía.

—El Alcorcón ganó al Real Madrid cuando estaba en segunda B —empezó a explicar.

Al parecer, aquella era una visita deportivo-informativa.

—¿Te imaginas? —continuó Unai—. Un equipo de primera división, el mejor...

—Bueno... —le interrumpí yo.

—... contra uno de tercera —terminó sin darme opción a discutirlo.

—¿Pero no has dicho que el Alcorcón estaba en segunda?

—En segunda B, que viene a ser tercera. Y no es que ganara. Es que lo masacró. Cuatro a cero. Imagina, un equipo donde algunos jugadores cobraban más pasta al mes que el presupuesto de todo el año del Alcorcón, y van unos pelados y lo machacan. No es como si yo consiguiera salir con Natalia. Es como si Emma Watson me pidiera matrimonio.

–¿¿Emma Watson?? ¿Te gusta Emma Watson? –grité sorprendida.

–¿¿Quién es Ema Guachon?? –tronó mi abuelo desde el salón.

–¡¡Abuelo!!

Unai se echó a reír.

En ese momento me di cuenta de que, al reír, le apuntaban algo así como unos hoyuelos. Habrían sido unos hoyuelos en toda regla si no llega a tener la cara tan llena. Pero con esa cara, parecían como un par de agujeros de la luna.

–Cuando un equipo hace algo así, es difícil seguir jugando con los de tu liga como si nada –dijo Unai de nuevo en voz baja.

–Ya, como para olvidarlo –dije yo.

–Exacto. Es casi imposible no recordar una y otra vez esa victoria. Podrán jugar cientos de partidos, pero siempre recordarán aquel Real Madrid - Alcorcón. Es lo máximo a lo que nunca podrán aspirar y vivirán siempre instalados en ese recuerdo, sin poder salir de ahí. El Alcorcón nunca será mucho más que el equipo que una vez ganó al Real Madrid. Sin embargo, tú...

Pero no quería que Unai volviera a hablarme de mí, de en qué división jugaba yo, ni de mí y de Lucas, y de todos esos chicos de primera a los que yo podría acceder, según él. Porque hacía solo un instante, Unai había hablado de otra cosa. A Unai le había salido un gallo cuando dijo «vivirán siempre instalados en ese recuerdo, sin poder salir de ahí». Unai me estaba hablando de él. Unai era el Alcorcón y su equipación oficial era una camiseta negra.

Era el momento perfecto, el momento en que yo debía hablarle de lo que me había dicho mi madre, del accidente de su padre, y entonces iba a suceder la escena 1 o la escena 2, y Unai me miraría con cara de loco en vez de con esa cara de pena, de una pena honda, antigua, la pena de la que no podía salir, la pena en la que vivía instalado desde hacía años, desde que murió su padre.

No podía seguir soportando ese silencio, y esos puntos suspensivos, y esa pena ni un segundo más.

–Garzón.

62
BALONES FUERA

—¿Qué, Garza? —dijo Unai suave y seriamente, como si ya supiera de qué iba a hablarle.

Pero en ese momento llegó a nuestros oídos un «¡NOOOO!» histérico, con voz de niño.

El abuelo había vuelto a subir el volumen. Qué oportuno.

No pude. No sé si fue aquel NOOOO o mi propia cobardía, pero no tuve valor para hablar a Unai de su padre muerto.

—¿Han dicho algo de...? Ya sabes —acabé preguntándole.

—¿De tu «agresión intolerable a una alumna»? Sí, claro. Solo les ha faltado anunciarlo por megafonía. Lo han contado por todas las clases. Se ve que están muy contentos de mandar a casa a una alumna como tú. Para que vean que nadie se libra.

—Un castigo ejemplar para una alumna ejemplar —me lamenté yo.

—Algo así.

Y el misterio del padre de Unai, su accidente, el Alcorcón, lo negro y la residencia permanente en la calle Recuerdo quedaron lejos, muy lejos. Todo aquello desapareció con la efervescencia de esas pastillas para el dolor de cabeza.

Centrémonos en MÍ, la alumna ejemplar ejemplarmente expulsada.

Quería morirme. Y estaba a punto de hacerlo, a punto de morir de vergüenza. Cuando volviera al colegio, todo el mundo me señalaría.

—Pasaré a la historia como la loca que chocó con un halcón, salió volando y acabó montando el pollo.

—Estabas predestinada, Garza —me dijo Unai sonriendo.

—A mí no me hace gracia.

Me llamó Pinilla. Le dije que la llamaría más tarde. Luego le conté a Unai el trato que había hecho con mi abuelo, lo de fingir que estaba enferma mientras durara la expulsión, y Unai me contó lo que había pasado ese día en clase, que por otro lado no era nada demasiado emocionante. Unai intentaba rodear el tema de mi expulsión y de Lucas y de Natalia, supongo que por compasión. Pero en un momento dado se le escapó un «Natalia».

—Hoy Natalia ha... —empezó a decir.

Esta vez fue el abuelo quien echó a gritos a Natalia de la conversación.

—¡Moñacaaaa, ven a ver esto! —gritó.

Unai se levantó sorprendentemente rápido de la cama. Fuimos hacia el salón.

—Esto no es *Pesadilla antes...* —empecé a decir.

—Calla —me interrumpió el abuelo—. Espera...

Nos quedamos unos minutos viendo la peli. Ya no era una película de animación. Era otra, en blanco y negro. Después de ver a un perro huir, el abuelo gritó:

—¡Ahora! ¿A quién te recuerda?

—¿Quién? ¿El hombre?

—¡No! ¡La mujer!

—A mí me recuerda a una tía abuela mía... —dijo Unai.

—¿No lo ves, moñaca? ¡Pero si es idéntica! ¡Una jodida caricatura!

—¿De quién, abuelo? —dije, ya impaciente.

—¡Piensa!

Y con lo que me gustan a mí las adivinanzas... Pero el abuelo no sabe dar tiempo para averiguar las respuestas, y enseguida me soltó:

—Sí, mujer. Esa... ¿Cómo se llama la vecina esa que vive en el portal de la ministra, la gorda cotilla que siempre está dando el coñazo?

—¡Abuelo! —le empecé a reñir. Hasta que caí—: ¡Petra! ¡Ostras, abuelo! ¡Tienes razón!

Solté una buena carcajada. Tenía que enseñarle la película a Pinilla y a Zaera, que conocían a Petra a la perfección. Iban a alucinar con el parecido. Aquel personaje no solo se parecía a Petra. En realidad era como una caricatura de ella. Tenía su misma cara, su mismo pelo, sus mismas hechuras y hasta su mismo estilo vistiendo. Era imposible que ese personaje te cayera bien. Era verla y aborrecerla. Estaba hecha para eso, Miss Antipatía.

—¿Qué peli es esta? —preguntó Unai. Yo me senté en el sofá y Unai me imitó. Por suerte, mi sofá no es como los asientos del autobús y podíamos mantener la distancia de seguridad, su pantalón vaquero a más de un palmo de mi pijama de franela.

—¿Y *Pesadilla antes...*?

—Ya la acabaré de ver —me interrumpió el abuelo—. Era imposible enterarme de la peli y de vuestra conversación a la vez.

Unai se echó a reír a carcajadas.

—Tu abuelo es la leche —murmuró entre dientes.

Mi abuelo me miró todo orgulloso, como presumiendo de tener un fan. Y siguió explicándonos:

—Es un corto. Venía en el otro DVD de la caja.

Cogió la carátula del DVD y leyó con esfuerzo:

—Franken Güeníe.

Yo le cogí la carátula de la mano.

—*Frankenweenie* —leí—. Ah, sí. Luego hizo una peli de animación basada en esta historia.

—Pues eso. ¿Queréis verlo?

—Vale —dijo Unai sin pensárselo dos veces, sin siquiera mirarme a mí, la anfitriona, la enferma, la más dueña de la casa de todos los que estaban ahí.

Y luego decía mi abuelo que conmigo y con mi madre no había nada que hacer. Ja.

El abuelo, sin levantarse de su sillón, asomó la cabeza hacia el pasillo y vio la luz que salía de mi cuarto.

—Pero antes apaga la luz, moñaca, no vaya a venir la de la liga anti Unión Fenosa.

Corrí a apagar la luz y volví al salón en penumbra. Me senté en la otra punta del sofá, pegada a la ventana, y el abuelo puso el corto desde el principio.

Si llego a saber entonces lo que supe después, no lo habría hecho.

63
UN PERRO

Por si no lo has visto, te lo cuento. *Frankenweenie* empieza con una familia compuesta por un padre, una madre, un niño y un perro. Todos adoran al perro, y el niño, el que más. Pero un día, el niño le lanza una pelota al perro, el perro sale a buscarla, cruza la calle y, zas, lo atropella un coche.

Y hasta ahí te cuento, porque nunca nunca me verás soltando un *spoiler*. Hay un círculo especial en el infierno para aquellos que te chafan el final de un libro o una película, y está lleno de gente, pero no me busques a mí ahí.

Además, con que sepas eso de *Frankenweenie* es suficiente. Suficiente para que luego entiendas por qué Unai vio el corto en completo silencio, sin corear ni uno solo de los comentarios del abuelo, a punto de ser absorbido por la pantalla, y por qué, cuando acabó la película, se encerró en el baño.

Y allí estuvo.

Un buen rato.

Y un rato más.

A los diez minutos, el abuelo dijo: «Vaya, moñaca, parece que tu amigo y yo tenemos algo más en común». ¿Algo más? Supuse que se refería a que él iba cada vez más al baño y cada vez tardaba más en salir.

—Moñaca —sugirió el abuelo un buen rato después—, ve a ver si tu amigo está vivo.

—¡Ve tú! —le dije. ¿Qué pretendía? ¿Que entrara en el baño?

Por suerte, no hizo falta porque Unai al fin salió.

Nada más verlo, el abuelo pegó otro respingo. Tenía los ojos rojos e hinchados y parecía haber adelgazado cinco kilos, sin exagerar. Seguramente se acababa de sacar del cuerpo cinco litros de agua con sal. La dieta del hínchate-a-llorar.

–Me voy a casa –dijo para el cuello de su camiseta negra sin acercarse.

Yo me levanté del sofá con intención de ir a mi cuarto.

–Te dejas la mochila –le dije para que me siguiera.

Cuando llegamos a mi cuarto, ni encendí la luz. En la penumbra refulgía el amarillo con el que la abuela había pintado el nido del dibujo, que seguía sobre mi mesa.

–Tú tenías un perro, ¿no? –pregunté a Unai.

64
LOLA

Y entonces me lo contó, sin lágrimas ya, despacio, sin prisa, de pie junto a la ventana, mirando los surcos que iba dibujando la lluvia en el cristal, esas gotas que caían separadas y se unían o se alejaban de forma caprichosa. Y yo lo escuché sentada en esa cama que ese día había acogido la culpa de mi abuelo, la pena de Unai y ahora mi compasión.

Me contó que su padre murió en primavera, que el día del entierro hacía un día soleado, y que él recordaba que había un campo verde enorme y que él quería jugar a fútbol, pero nadie le dejaba. Me contó que pocos días después de que muriera su padre, sus tíos le regalaron una perrita, Lola. Era un cachorro de labrador. Unai estaba loco de contento.

—Jamás me la habrían regalado de no haber muerto mi padre. Mis padres no querían animales en casa. Casi me alegré... —dijo, y yo, que a veces, si me esfuerzo, soy capaz de oír lo que no se dice, oí cómo no acababa la frase con «... de que hubiera muerto mi padre», y pude ver lo negro y lo hondo del pozo de donde estaba sacando esa confesión. Este pozo sí tenía la profundidad de la fosa de las Marianas. Y ahí abajo, en ese Himalaya al revés, en el fondo del Pacífico, en ese lugar donde nadie podrá llegar nunca, estaba la culpa de Unai, que aún lloraba por haberse sentido bien cuando tenía que haberse sentido mal, por haberse llegado a creer que casi se había alegrado de la muerte de su padre cuando solo se había alegrado de tener por fin un perro.

—Lola jugaba conmigo como si nada. Era la única.

Unai puso un dedo sobre el frío cristal. Reconocí el juego. Yo también a veces seguía el camino de las gotas.

—Lo peor que recuerdo de esa época es la pena alrededor. Pena por todas partes. La pena de mi abuela, la pena de mi abuelo, que se quedó casi mudo, la pena de mi hermano...

Por un instante me pareció extraño que Unai no citara la pena de su madre.

—La pena de mi portero —siguió—, la pena de Sara, ¿te acuerdas? —preguntó volviéndose hacia mí por primera vez desde que había empezado a hablar.

Yo negué con la cabeza. Sara fue nuestra profesora de Infantil, pero yo no me acordaba de eso. No me acordaba de que tratara de forma especial a Unai, pero seguramente lo hizo.

—La pena con la que nos trataba todo el mundo. Ahora mismo tú me estás mirando con pena.

No supe qué decir. No podía negarlo.

Unai se volvió de nuevo hacia la ventana.

—Lola, no. Lola no me miraba con pena. Lola era un cachorro. Lola solo quería jugar.

—Como tú —dije queriendo sonar fuerte, queriendo sonar segura, queriendo sonar sin pena—. Eras solo un niño. Es normal que quisieras jugar —certifiqué con mi máster en normalidad.

—Y siempre hacía sol —susurró Unai con una tristeza acompañada por los violines que sonaban en la película que veía entonces el abuelo.

Nunca pensé que alguien pudiera lamentarse de que hiciera buen tiempo. Pero entonces me acordé de esa escena de *Frankenweenie* en la que el niño, triste, mira por la ventana y ve las gotas caer, aunque luego era solo su madre regando el jardín, y me acordé de cuando estaba tumbada en aquel claro del bosque y vi pasar las nubes, esas nubes imperturbables, tan ajenas a mi desgracia, y entendí a Unai.

Hay días en que uno siente que no es justo que salga el sol. Hay días que piden lluvia a gritos.

65
FANTASMAS

Por un momento me pregunté si Unai me habría contado todo eso de no haber estado lloviendo.
—No me separaba de Lola —siguió Unai mientras miraba por la ventana—. Dormía con ella. Desayunaba con ella. Iba al colegio con ella... ¿No te acuerdas de que mi madre iba con la perrita hasta la entrada del colegio? —me preguntó volviéndose hacia mí.
Yo volví a negar con la cabeza.
—De Lola solo tengo una foto. Estamos juntos, Lola y yo, en el jardín de mis tíos. En esa época no nos hicieron muchas fotos.
De alguna forma sabía que Unai estaba reuniendo fuerzas para contarme lo siguiente, lo que le había llevado a encerrarse en el baño durante casi media hora. Y así fue.
Por fin, sin mirarme a los ojos, con la vista clavada en la ventana, me contó cómo había muerto Lola a los pocos meses. Tenía que llevarla atada, pero él la soltó, Lola se escapó y la atropelló un coche que estaba aparcando marcha atrás. Nunca más tuvo un perro.
—A veces pienso que por quien voy de luto es por Lola —dijo, pero no era verdad, porque a continuación añadió—: Apenas me acuerdo de cómo era mi padre. Mis recuerdos de él son fotos.
Y cuando se volvió, su cara estaba como el cristal de la ventana, surcada de gotas. Las lágrimas le caían suavemente, despacio.
Yo no sabía qué hacer.
Me acerqué a él, y sentí que me acercaba también a sus fantasmas. Uno me lamió el tobillo, el otro era tan alto, tan grande, tan guapo...

66
LÁGRIMAS EN LA LLUVIA

Hasta ese momento yo había creído que la pena nos vuelve animales. Pero qué va. La pena no nos vuelve animales, eso es la ira. Con la pena sucede lo contrario: nos hace humanos. Lo que descubrí en ese momento en los ojos de Unai no podría haberlo visto en ningún animal, ni en un gato, ni en un perro, ni en Lola, ni en *Frankenweenie*. Esa tristeza era 100% humana.

Hasta ese momento yo había creído también aquello que decía mi abuelo de que el buey solo bien se lame, pero una vez más me equivoqué. Lo supe cuando vi llorar a Unai.

Es verdad que un animal puede lamerse solo las heridas. Basta con que haga un poco de contorsionismo. Pero también puede quedarse tumbado y puede dejarse querer, dejarse curar, dejarse consolar, como un cachorro hace con su madre. Por eso, en el portal de Belén, al lado del buey siempre se pone una mula. El buey no está solo.

Unai tampoco estaba solo en aquella habitación, en mi habitación. Yo estaba con él. Y aunque yo en ese momento fuera poco más que un desecho humano enfundado en un pijama y achicado por una enorme losa de egoísmo y autocompasión, no dejaba de tener dos brazos acabados en dos manos. Y lo que hice con una de esas manos fue poner en práctica la absurda mariteoría del acompañamiento físico de las lágrimas.

Unai se había vuelto de nuevo hacia la ventana. En el reflejo del cristal veía su cara y ya no podía distinguir qué eran gotas de lluvia y qué eran lágrimas. Subí la mano derecha dispuesta a deslizarla hacia abajo desde su coronilla hasta su nuca. Primero hice un ensayo en el aire, a cuatro centímetros de su cabeza. Cuando le puse la mano sobre la coronilla, Unai pegó un respingo. Aún tenía el pelo húmedo. Dejé la mano ahí unos segundos antes de aplicarme a deslizarla muy lentamente, acompañando el curso de las lágrimas en el lado opuesto de la cabeza, de arriba abajo, contrarrestándolas, sincronizándome con ellas, con la concentración de un británico que toca las castañuelas al ritmo de una partitura. Me sentía tan extraña haciéndolo que el resultado se parecía más a una tabla de ejercicios que a una caricia.

Pero poco a poco logré olvidarme de la partitura y la mano empezó a deslizarse sola. Una y otra y otra vez, descubriendo su propio ritmo interior. Unai subió los hombros al coger aire y luego lo soltó poco a poco. En el reflejo del cristal vi que cerraba los ojos. Y yo seguí acariciándole la cabeza sintiendo que mi consuelo era pequeño, rogando que vinieran refuerzos, deseando con todas mis fuerzas que él sintiera que ahí no solo estaba yo. Conmigo estaban consolándole el fantasma de un cachorro que le lamía los tobillos y el abrazo de alguien tan alto, tan grande, tan guapo.

No sé cuánto tiempo estuvimos así antes de que Unai se volviera hacia mí.

Tenía los ojos brillantes de lágrimas, las mejillas húmedas, el pelo alisado por mis maniobras de consuelo, y en su cara se apuntaban el principio de una sonrisa y el boceto de unos hoyuelos.

Mi mano derecha se quedó colgada de su nuca. Tenía el cuello caliente y mi mano humedecida por su pelo agradeció ese calor. Mi mano izquierda arrugaba absurdamente un trozo de mi pantalón de pijama.

Nos miramos a los ojos en completo silencio.

Solo se oían las gotas de lluvia repiqueteando contra el cristal, y la respiración de Unai.

Y entonces tuve ganas de besarlo.

Creo.

67
CAPÍTULO SIN BESO

Digo que creo que tuve ganas de besarlo porque es así. Creo. No lo sé seguro.
O sea, sí. En ese momento quería besarlo. Seguro. Pero lo que no sé seguro es por qué.
Que levante la mano quien no haya confundido nunca el miedo con el odio, la amistad con el amor, las ganas de querer con el enamoramiento, los nervios con el hambre, el aburrimiento con el sueño, el cariño con la pena...
La pena. Eso era lo último que quería que Unai viera en mí. Habría odiado que pensara que le besaba solo por compasión. Y era tan fácil que pensara eso en aquel momento... Hacía unos minutos, él había visto la pena en mis ojos.
Intenté borrarla con una sonrisa. No era una sonrisa completa. Era solo un principio de sonrisa, un reflejo del propio gesto de Unai. Una Mona Lisa mirando a otra Mona Lisa. Y...
No lo besé.
–Gracias –me dijo en voz baja.
–Por nada –le dije, y pensé que ese «por nada» contenía el beso que no le había dado. Y retiré la mano de su nuca.
–Me voy –dijo.
–Bien –dije.
–Adiós, Garza –dijo, pero no se movió del sitio.
–Adiós, Garzón –respondí, mis pantuflas fijas en la alfombra verde, como adheridas con Pegatón.
Agachó un poco la cabeza para acercarse a mi cara y me dio dos besos, uno a cada lado. Se me quedaron las mejillas húmedas y saladas, y me llevé la mano derecha a un lado de la cara.
Unai se dio cuenta.
–Perdón –me dijo, y llevó su mano a mi otra mejilla para secarla. Tenía las puntas de los dedos frescas por haber tocado el cristal. Al

principio solo noté el tacto tembloroso de sus dedos, apenas sus huellas digitales. Era como si casi no se atreviera a rozarme. Pero se quedó ahí un segundo, como una mariposa, y antes de retirar la mano presionó ligeramente con la palma caliente sobre mi mejilla y parte de mi mandíbula. Después aflojó la presión y deslizó muy lentamente la mano hasta retirarla por completo de mi cara.

Cuando lo hizo, sentí el frío de su ausencia, una huella de hielo en mi mejilla.

Supe que no era solo por compasión por lo que había querido besar a Unai cuando salí del cuarto, seguida de Unai. Y todo porque en ese momento, disimuladamente, busqué mi imagen en el espejo que tengo junto a la puerta. Quise encontrarme guapa para él, cuando nunca, ni siquiera una hora antes, en el momento en que avisó de su llegada, me había importado lo más mínimo.

Y me encontré horrorosa.

68
HIJAS A LA FUGA

Cuando salí del cuarto, atusándome el pelo, vi un destello en el salón. Un relámpago, pensé al principio. Ja.

Era la televisión. Y si tenía la sensación de que era un relámpago, una luz nueva, solo podía ser por un motivo: porque antes estaba apagada.

Claro. Con razón solo oíamos el ruido de la lluvia contra el cristal. ¿En qué momento habría apagado la televisión el abuelo? ¿Qué parte de nuestra conversación habría oído? ¿Desde cuándo se había vuelto un cotilla?

No entendía nada. El mundo se estaba poniendo patas arriba: el abuelo me espiaba, no decía tacos, se dedicaba a hacer pintadas, mamá apenas se hablaba con el abuelo, pero se preocupaba más de él que de mí, y ahora, por un momento, Lucas no ocupaba ni una micra de mi pensamiento y a quien yo quería besar era a Unai. Definitivamente, el universo iba a implosionar, pensé por el pasillo.

En el salón, el abuelo se despidió sin moverse de ese sofá que parecía haber conquistado. Lo hizo con las mismas palabras que yo.

—Adiós, Garzón —dijo levantando la misma mano con la que empuñaba el mando. Y luego añadió—: Hasta otra.

Unai me miró con una media sonrisa.

—Adiós, señor Garza —le respondió.

Lo acompañé hasta el rellano para que cogiera el ascensor. Pero cuando el ascensor llegó no estaba vacío.

Mi madre.

Nada más abrir la puerta del ascensor y verme ahí, preguntó:

—¿No está el abuelo?

—Sí, ahí sigue.

Miró a mi derecha y vio a Unai. Entonces empezó a disparar frases como una metralleta.

—¡Anda, Unai! No sabía que estabas aquí. ¡Qué manera de diluviar! ¿Cómo te encuentras, hija? Métete en casa inmediatamente. ¿Qué haces aquí fuera?

–Unai vino a traerme los deberes –la interrumpí antes de que pudiera seguir ametrallándonos.
–Pero ya me iba –dijo Unai.
Mamá miró hacia la puerta abierta de casa. Al fondo se adivinaba el bulto del abuelo viendo la tele. Luego volvió a mirar a Unai.
–Te llevo –dijo con esa resolución Garza que no admite un no por respuesta. Pero, por más que se lo hubiera intentado enseñar el abuelo aquella tarde, Unai aún no entendía el lenguaje de mi madre.
–No, no –se resistió–. No hace falta.
–Sí, sí. Sí hace falta –insistió mamá haciendo girar el paraguas que llevaba en la mano. Unas gotitas quedaron desparramadas por el suelo del rellano–. No sabéis la que está cayendo.
–De verdad, no...
Unai me miró con cara de socorro-auxilio. Pero no había nada que hacer.
–No me cuesta nada. ¿No ves que ni me he quitado las botas todavía? Saco el coche del garaje y te acerco en un momento a casa. Sigues viviendo en el mismo sitio, ¿no?
Unai asintió y le dio la dirección.
–Os acompaño –dije yo.
Mi madre me miró de arriba abajo, de pelos de loca a pantuflas.
–No sé si te conviene.
–Ya –dije esforzándome en poner mi mejor peor cara, la de enferma imaginaria–. Pero es que llevo todo el día en casa y necesito despejarme. Además, no me cuesta nada. Bajo directa al garaje y te acompaño a casa de Unai. No tengo ni que cambiarme las zapatillas.
Mi madre me miró fijamente. Acababa de endosarle las mismas excusas que ella había dado para salir pitando de casa, o huyendo del abuelo, según sospechaba yo. Creo que mis excusas le sonaron igual de falsas que las suyas, pero no pudo negarse.
–Ponte algo encima –dijo sin más. Y luego, glacial como el Ártico, gritó hacia dentro de casa–: Papá, ya puedes irte cuando quieras.
Desde el salón llegó como respuesta un silencio igual de glacial.
Yo cogí la cazadora que colgaba en la entrada y grité antes de cerrar la puerta:
–¡Adiós, abuelo! Acompaño a mamá, que lleva a Unai a casa.
–¡Abrígate bien, moñaca, no vaya a subirte la fiebre! –gritó el abuelo.
En el espejo del ascensor vi que Unai luchaba por contener la risa.

69
REVELACIÓN EN AUTOBÚS

Mi madre invitó como invitan las Garzas, o sea, obligó a Unai a sentarse a su lado.
Yo me senté detrás de él.
—Mamá, ¿no podríamos aprovechar para llevar al abuelo a casa de la abuela? —pregunté mientras mi madre arrancaba.
—Al abuelo le gusta ir dando un paseo.
—Pero llueve...
—En casa hay paraguas. Y además, le conviene andar.
Había dado por cerrado el tema. Y por si no quedaba claro, empezó otra conversación:
—¿Qué tal, Unai? ¿Qué tal tu madre? Hace tiempo que no la veo... ¿Y las clases?
La puerta del garaje se abrió y el estruendo de la lluvia se sumó al estruendo de la salida del aire caliente y al estruendo de la charla de mi madre.
Yo eché las rodillas hacia delante hasta clavarlas en el asiento de Unai. De alguna forma necesitaba hacerle saber que estaba ahí, necesitaba que notara mi presencia.
Unai no parecía molesto con mis rodillazos ni con las preguntas de la pesada de mi madre. Estuvo simpatiquísimo y educadísimo y yo empecé a sentirme aburridísima y me dediqué a mirar a través del cristal mojado el atasco que hacía que tardáramos el quíntuple de lo normal.
Iba medio adormilada cuando de repente, estando parados en un semáforo, más allá del cristal que empezaba a empañarse, vi algo que hizo saltar una alarma en mi cerebro. Desempañé el cristal a todo correr con el puño cerrado y entonces lo vi.
Lo que había hecho saltar la alarma: un color verde fosfo; lo que podía ver cualquiera que pasara junto a ese autobús: un anuncio de una residencia de ancianos con la foto de una señora mayor gua-

petona diciendo: «¿Dónde estarías mejor que aquí?», y una respuesta escrita en verde: «En mi casa, no te jode», firmada por el «Comando Jubileta», y lo que solo yo pude reconocer: la letra inconfundible de mi abuelo.

—No me jo... —dije para mí misma.

—¿Decías algo? —interrumpió la cháchara mi madre, y se volvió hacia mí.

Inmediatamente miré hacia el otro lado, señalé al buen tuntún y dije lo primero que se me pasó por la cabeza con tal de que mi madre se girara hacia el lado contrario al autobús.

—¿Has visto ese paraguas?

Mi madre volvió la cabeza hacia su izquierda, siguiendo mi dedo, y preguntó:

—¿Cuál?

Allí solo había un hombre con un paraguas de cuadros digno de un *soso-man* como mi padre.

—Me había parecido papá. ¿No tenía un paraguas igual? —improvisé.

—No sé. Pero ese hombre debe de ser dos palmos más alto que tu padre —dijo mi madre volviéndose otra vez hacia mí y hacia aquel en-mi-casa-no-te-jode que aparecía enmarcado por el resto de cristal empañado.

—¡Mira! —grité histérica señalando de nuevo hacia el lado opuesto, intentando impedir que mamá viera la pintada.

—¿El qué?

Busqué desesperada algo que fuera digno de mi grito de loca.

No había nada.

—Ese paraguas.

Me estaba quedando sin recursos. El paraguas que se veía entonces donde yo señalaba era granate con topitos blancos. Nada del otro mundo.

—¿No te parece mono? —mentí. El semáforo se puso verde.

Mi madre y Unai se miraron.

—La fiebre... —diagnosticó Unai.

Yo le clavé la rodilla de golpe. Al recibir el rodillazo, sonrió. Lo vi en el espejo retrovisor. Y como si yo fuera otro espejo más, no pude evitar sonreír también. Formábamos un cuadrado casi perfecto de sonrisas: la de Unai, la de Unai en el espejo, la mía y la de la abuela de la residencia.

153

El autobús con la abuela y la pintada quedó atrás en una parada y yo seguí mirando el vértice de la sonrisa de Unai en el retrovisor. Otra de las mariteorías de Pinilla es que si te mira fijamente alguien que te importa de verdad, no tardas ni medio minuto en darte cuenta. Aunque no lo veas, lo sientes. Según esa mariteoría, yo debía de importarle de verdad a Unai, porque al poco rato, nada más girar por su calle, me miró por el retrovisor y me pilló. Yo aparté la vista al momento. Y entonces pude comprobar en mis propias carnes aquella mariteoría cuando sentí, con la seguridad con la que se siente una quemadura, que Unai me estaba mirando a través del espejo retrovisor.

Y llegamos.

70
TETRABRIKS DE VIDA

De vuelta a casa, me encontré el dibujo de mi abuela sobre la mesa con una nota del abuelo encima que decía: «Esta obra de arte es propiedad de Clara L. Garza y solo podrá ser reproducida, colgada o terminada con su autorización». «O terminada...». El abuelo me estaba diciendo que él no podía pedir a mamá que la acabara, pero que me daba libertad para que yo se lo pidiera si quería. No pude evitar sonreír.

También tenía un mensaje de Pinilla. Me preguntaba que qué tal mi día de expulsada. ¿Cómo contarle que en ese momento lo que menos me importaba era que me hubieran expulsado? ¿Cómo resumirle un día que había empezado intentando hundir a Lucas en una espiral de leche con cacao, había seguido con una lección sobre cómo reciclar la cólera y había acabado abrazando a mi abuelo y terminando el dibujo de mi abuela primero, acariciando a Unai después rodeada de sus fantasmas, y descubriendo por último al Comando Jubileta? Y todo eso, sin haber avanzado aún en mis investigaciones sobre la verdadera causa de la muerte del padre de Unai.

¡Ay, Pinilla! Mañana te cuento, le resumí, agotada de ese concentrado de momentos mariposa.

Durante semanas, meses, años, había estado desayunando cada mañana un tetrabrik de vida hecho a partir de concentrado de aburrimiento, 100% igual al día anterior, sin emociones añadidas, que no tenía más remedio que animar con un poco de fantasía, y de repente, en unos días, me encontraba con un concentrado de emociones que amenazaba con provocarme un corte de digestión y que había hecho desaparecer todos los beduinos, los marineros, los asesinos, los zombis...

Antes de acostarme, me asomé por la ventana de mi cuarto. Ya no llovía. La luz del cuarto de Pinilla estaba apagada. La luna estaba en cuarto creciente, o menguante, nunca lo sé bien. Puse las manos sobre el cristal. Pensé que quizá estaría colocando mis dedos sobre las huellas dactilares de Unai y sentí una intimidad fresca y extraña, una intimidad de delincuente.

Abrí la ventana y entró ese frío limpio que deja la lluvia como *souvenir*. Olía a tierra mojada. Bajo las farolas de la urbanización, las gotas de la lluvia se convertían en monedas brillantes sobre las hojas de los árboles y del seto. Entre el portal 3 y el 4 se había formado el charco de siempre, ese donde, un día después, aún siguen naciendo los surcos de los carros de la compra, ese en el que bota como una pulga Ingrid, la hermana pequeña de Zaera.

Me dieron ganas de ponerme mis botas de agua moradas, escabullirme fuera de casa y bajar a saltar como una niña. De no haber estado mi madre, lo habría hecho. Pero una enferma de gripe que va a faltar a clase al día siguiente no suele hacer ese tipo de cosas.

Me metí en la cama. Necesitaba descansar. Quién sabe qué tetrabrik de vida tendría que desayunar al día siguiente.

Lo último que sentí antes de quedarme definitivamente roque fue el lametazo de un perro fantasma en la mano que agarraba el edredón. Lo último que pensé fue que apenas había pensado en Lucas en todo el día. Lo último que recordé fue la mirada de Unai en el retrovisor, y no era la mirada de un loco.

Dormí de un tirón.

71
COMANDO AL DESCUBIERTO

–Cariño, en nada llega el abuelo.
Fueron las primeras palabras que oí al día siguiente.
Abrí los ojos perezosamente.
Mi madre estaba en la puerta. Una rendija de luz del pasillo entraba en diagonal.
–¿Qué tal te encuentras? –susurró, y se acercó a tocarme la frente con la mano.
Era más difícil poner mi frente en la bombilla que el termómetro, así que no tuve más remedio que decirle, eso sí, con voz muy muy lastimera:
–Creo que un poco mejor.
Mi madre sonrió.
–Igual mañana ya puedes ir al colegio.
–No tan mejor –me apresuré a decir, quizá demasiado rápido, quizá demasiado espabilada.
–Ya veremos. Me tengo que ir. Sigue en la...
Pero en ese momento vio el dibujo de la abuela y la nota del abuelo sobre mi mesa y dejó la frase inacabada.
–¿Y esto? –dijo con un hilo de voz.
Me incorporé un poco.
–Lo acabamos ayer entre el abuelo y yo. Te hemos dejado un polluelo. Por si lo quieres pintar.
Mamá se quedó mirando el dibujo un rato en silencio.
–Gracias.
–Quedó bonito, ¿verdad?
Mamá pasaba el dedo por los bordes de terciopelo del dibujo.
–Sí.
Y se fue.
Yo me di la vuelta en la cama, dispuesta a seguir durmiendo. Poco a poco, mi cabeza iba recomponiendo todo lo que había sucedido el día anterior, y entonces se me ocurrió la payasada del día.

Me levanté de un salto, me recogí el pelo con una goma, apoyé el dibujo de la abuela sobre la pared y la mesa, y me puse a rebuscar entre los cajones de mi escritorio. Cogí un folio y un rotulador verde fluorescente y escribí a todo correr: «BIENVENIDO, COMANDO JUBILETA». Luego cogí el celo, fui a la entrada y pegué encima del espejo del recibidor mi cartel de bienvenida. Ja.

Me quedé ahí para ver la cara que ponía el abuelo, pero después de esperar cinco minutos me cansé y fui a la cocina a ponerme el desayuno.

Estaba dando vueltas a la leche cuando apareció por fin el abuelo con el cartel en la mano y cara de interrogación.

Por unos segundos disfruté de su incertidumbre. No es tan fácil sorprender al abuelo.

—Esto ya es algo más que una mancha de la que no tengo pruebas... —dije recordando sus palabras. Chulería por chulería.

—¿Dónde co...? —empezó a decir el abuelo.

—Creo que era el 53, ¿o era el 33? —le solté triunfal.

El abuelo no necesitó más explicaciones. A saber cuántos autobuses había «decorado».

—¿Le has contado algo a tu madre?

—Aún no —dije sonriendo.

El abuelo dobló el cartel, se lo metió en un bolsillo, se quitó la cazadora y la dejó sobre la silla.

—Y ahora, querido abuelito, ¿vas a contarme qué os pasa a mamá y a ti?

El abuelo resopló.

—Ahora, querida nietita —empezó con voz fingidamente dulce—, voy a hacerme un café —rugió—. Y luego, ya veremos. Porque yo tampoco le he contado aún a tu madre lo de tu expulsión.

Pero me lo contó.

72
CUENTAS

Le habían estafado. Los del banco, los que se supone que te guardan los ahorros mejor que un colchón, los que los hacen crecer. A mi abuelo, que es listo como un zorro.

—Pero es que yo soy un zorro bueno —me respondió cuando se lo dije.

Había perdido todos los ahorros que tenía con la abuela. El dinero que les dieron hacía poco, cuando vendieron la casa del pueblo para pasarse la vida de viaje... Todo. «Inviértanlo aquí», les dijo el del banco. «Una inversión de alto rendimiento». Y el abuelo se fio.

—No puede uno fiarse de nadie, moñaca, ni de uno mismo. Yo una vez me tiré un pedo y me cagué.

—Abuelo... —empecé a decir.

—¡No me seas ñoña! —me respondió.

Pero yo no quería reñirle por aquella marranada. Yo solo quería decirle que si le habían engañado a él, eran capaces de engañar a cualquiera, también a mamá, también podrían haberla engañado a ella... Pero él siguió.

—Todo pasó poco antes de que muriera la abuela. Cuando lo supo, se llevó un disgusto morrocotudo.

—¿Quién? ¿Mi madre?

—No, tu abuela. A tu madre no se lo he contado hasta hace poco. No he tenido más remedio. Le he tenido que pedir dinero. Está que trina.

Oyendo al abuelo, no sabía si reír o llorar. Me recordaba tanto a mí cuando me quejaba con Pinilla de las broncas que me echaba mi madre... No era tanto lo que decía, que también. ¡Pedir dinero a mamá! Era sobre todo esa mirada entre enfadada y culpable, esa postura entre enfurruñada y penosa. Parecía un niño pillado en falta. ¿Cómo era posible? Mi abuelo, tan punky, tan pasota; mi abuelo, que es el padre de mi madre, que se toma las normas como vallas de salto... ¿Pero qué timo era ese? Yo que soñaba con ser mayor para hacer lo que me diera la gana. «Cuando seas padre, comerás huevos». Se lo había oído decir a mi abuelo cientos de veces. Pero por lo visto era mentira. Ahora mi abuelo, el padre de mi madre, sufría por lo que pensaba de él su hija, sentía que tenía que rendirle cuentas. ¿Es que toda la vida íbamos a tener que estar rindiendo cuentas a alguien?

–Tu madre dice que el disgusto mató a tu abuela –murmuró el abuelo.

Se me pusieron los ojos como platos.

–¡Pero la abuela estaba muy enferma!

–Lo sé, lo sé. ¡Menos mal que lo sé! –dijo el abuelo–. Y quiero creer que en el fondo tu madre también lo sabe. Pero está cabreada.

–¿Contigo?

El abuelo suspiró y se quedó pensativo.

–Bueno –volvió a suspirar–, supongo que es más fácil cabrearse conmigo que con la vida.

–Ya –asentí–. Igual es que también necesita reciclar la cólera.

El abuelo me miró y sonrió mientras movía la cabeza como si fuera la pata de un gato de la suerte. No sé si quería decir que sí o si estaba recordando la canción y seguía el ritmo por dentro.

–Puede que tengas razón, moñaca. En cualquier caso, no la culpo. Casi me ayuda a no echar tanto de menos a tu abuela. Si estuviera aquí, ella seguiría riñéndome cada día, como hace ahora tu madre.

Y siguió moviendo la cabeza como un Maneki-neko.

Entonces lo vi claro. Vi que sí, que es un horror tener que rendir cuentas a alguien, pero al mismo tiempo ¿no es eso lo que da sentido a estar en la Tierra, el hecho de que haya alguien en ella que nos importe tanto como para querer ser bueno ante sus ojos?

Y cuando, después de la confesión del abuelo, volví a mi cuarto y vi que tenía un mensaje de Unai, me di cuenta de algo terrible, algo que no había llegado a comprender del todo hasta ese momento: que Unai tenía una persona menos ante la que ser bueno.

Quizá por eso mismo, podría ser malo.

73
LOS GUAPOS

¿Qué tal esa gripe?, me preguntaba Unai en un mensaje.
Ja ja ja. Muy bien, gracias, le respondí.
Durante unos segundos, nos quedamos como dos tontos sin saber qué decir. En línea.
😊, escribí pasado un rato.
😊, respondió Unai.
Unai podría haber sido malo, pero no lo era. O esa sensación me daba.
La mañana pasó lentamente con mi abuelo pegado a un libro y pasando de mí, y toda la gente con la que podría haber estado escribiéndome desconectada, en clase. Al final imité a mi abuelo, cogí un libro y, por unas horas, habité en un lugar aún más frío, aún más lluvioso, en una época donde los mensajes se escribían con pluma y, al bailar, los vestidos hacían frufrú. Solo volví a mi lluvia, mi móvil y mi pijama de franela para comer y luego para abrir la puerta cuando sonó el timbre.
Era Pinilla.
—Estoy harta de que me des esquinazo —dijo llena de energía—. Hoy no te libras de mí, que creo que tienes mucho que contarme.
Me parece que me sonrojé.
Pinilla me puso al día y me contó todos los cotilleos de clase, y también el examen y el partido de béisbol que me esperarían el lunes, cuando volviera.
—¿Y Unai? ¿Ha inventado una nueva muerte para su padre? —le pregunté como quien no quiere la cosa.
Pinilla inclinó la cara y me miró como quien busca dentro de un acuario al pez payaso escondido tras las algas de plastiquete.
—Tú tienes algo con Unai...
—Pero ¿qué dices? —salté sin pensar—. ¿Estás loca?
—Menos chulo que Lucas ya es... —dijo Pinilla sin hacerme caso.

–Y menos delgado también –dije yo.
–Y más listo –dijo Pinilla.
–Y menos guapo.
–Lo que yo decía –me respondió Pinilla.

A mí aquello me sonó a aquel «Lucas es más tonto que Abundio» de Unai y a cuando Pinilla me decía que Lucas era imbécil.

–Pero ¿qué pasa? –me piqué–. ¿Que porque Lucas sea guapo ya tiene que ser tonto?

Y entonces Pinilla me soltó su mariteoría sobre los guapos y me sacó de mi error. Porque yo creía –te lo había dicho ya– que el relámpago va después del trueno, que primero venía el sonido, el ruido del motor, la moto de Lucas, y luego la visión, los ojos de Lucas bajo el casco, su muñeca con mi pulsera empuñando el manillar. Pero no. Me equivoqué. Me equivoco a menudo. El trueno va siempre después del relámpago. El sonido viaja más lento que la luz. Primero ves la luz y luego escuchas el sonido. Primero vi a Lucas y me deslumbré. Para cuando le escuché hablar y decir una tontería detrás de otra, yo ya estaba deslumbrada. Es lo que tienen los guapos. Juegan con la ventaja del deslumbramiento. Esa es la mariteoría de Pinilla: no todos los guapos son tontos, qué va, pero no importa tanto que seas tonto si eres guapo. Igual hasta logras que no se den cuenta.

–¿Y Zaera? –pregunté picada.

–Jorge es listo y guapo –dijo Pinilla con su sonrisa de la-chica-más-enamorada-del-mundo–. Para él ser guapo es casi una desventaja, como ser hijo de famosa. La gente se fija solo en eso y no se da cuenta de que es algo más.

–Un chico que huele a pomelo.

Pinilla sonrió.

–Por ejemplo –dijo, antes de añadir–: Y no, Unai no se ha inventado nada nuevo. Pero se le veía más contento que mi hermano el día que le regalaron la Wii. No ha dejado de canturrear en todo el recreo. Por cierto, ¿tú le has oído cantar?

74
ACCIDENTADOS

Nunca había oído cantar a Unai ni lo iba a escuchar al día siguiente, viernes, último día de mi gripe-expulsión, ni el fin de semana, que me quedé en pijama, del ordenador al libro, del sofá a la cama.

El sábado por la tarde, aburrida de tanto *tumbing*, estudié un rato y luego retomé sin muchas esperanzas mis pesquisas sobre el padre de Unai.

Google.

Hernán accidente. Hernán médico. Hernán tráfico...

Ya iba a darme por vencida, harta de toparme con radiólogos, oncólogos, odontoestomatólogos, homeópatas, avenidas Hernán Cortés y traficantes de droga, cuando vi un resultado que hizo *ding*. «Categoría: fallecidos por accidente». Y entre otros nombres, Pablo Hernán Gómez.

«Ya está. Este es», me dije. Pablo, sí. Nada de Héctor. Un hombre llamado Pablo. El nombre de Pablo le pega a un médico tan alto, tan grande, tan guapo.

Cliqué nerviosa en el enlace. Era una lista de Wikipedia de personas que habían muerto en accidente. El coche de Pablo Hernán se había salido de la carretera. ¿Qué habría hecho el padre de Unai para aparecer en la Wikipedia?

El padre de Unai, no sé, pero Pablo Hernán Gómez lo que hizo fue jugar muy bien a fútbol. Sí, era un futbolista. Argentino. En el mismo accidente murió su mujer. En el mismo accidente sobrevivieron sus dos hijos. Tenían dos y tres años. Dos niños que tenían dos personas menos ante las que ser buenos. Dos niños que ahora tendrían más o menos mi edad. Y ninguno se llamaba Unai. Confiaba en que tampoco llevaran camisetas negras.

El domingo vino el abuelo a comer. Lentejas.

–Si quieres las tomas y si no las dejas –soltó mi madre al abuelo a la vez que soltaba la cazuela humeante sobre el salvamanteles.

El abuelo sirvió los platos.

Hablé sin parar toda la comida. Yo sola. Apenas logré arrancar a mi madre y mi abuelo algún «sí» y algún «ya». No me di cuenta hasta que mi madre me lanzó una mirada impaciente y dijo:

–Pues menos mal que no he puesto lengua.

Entonces me fijé y vi los platos vacíos de mi madre y mi abuelo, y mi plato casi sin tocar.

–Huy –dije, y empecé a comer a toda velocidad, cansada de intentar tender un puente de palabras entre mi madre y mi abuelo, de intentar que se subieran a una conversación inofensiva.

–Vaya, parece que ya está mejor –comentó mi abuelo viéndome comer.

Se lo dijo a mi madre, pero solo yo supe verle la gracia a esa mejoría de enferma imaginaria.

–¿Quién? ¿Clara? –preguntó mi madre.

–¿Quién va a ser? –dijo el abuelo mirando el trozo de chorizo que estaba a punto de meterme en la boca–. ¿El cerdo ibérico? ¡No te jo!

Así, sin puntos suspensivos. El taco quedó cortado limpiamente como por un cuchillo, el mismo cuchillo que amenazaba con dividir a mi madre y a mi abuelo.

75
PARTIDO DE BÉISBOL

Cuando llegué el lunes al colegio, no solo me esperaban un examen y un partido de béisbol, sino también dos filas de dientes entre dos muescas a modo de hoyuelos. Dos filas de dientes es algo muy distinto de una sonrisa desarmante.

Si me hubiera encontrado con una sonrisa desarmante, seguramente habría salido corriendo derechita hacia los brazos que pertenecen a la persona a la que pertenece la sonrisa. Pero la sonrisa no era de Lucas, era de Unai, y lo que hice nada más verla a lo lejos fue hacerme la loca, como si no la hubiera visto, y escabullirme hacia el baño de chicas.

No me preguntes por qué. De pronto me dio vergüenza.

Cuando llegué a clase, la sonrisa de Unai se había vuelto algo borrosa. La de Lucas seguía siendo desarmante, pero no me la dirigía a mí. Y la mía desapareció en cuanto vi las preguntas del examen.

Después del examen, tocaba Educación Física, y el partido de béisbol. Qué guais somos, qué originales. No podemos correr alrededor del patio, no. Nosotros somos tan bilingües que hasta jugamos en inglés.

La primera en batear era Blanca. Lucas era el lanzador, tenía que tirarle la pelota y, detrás de Blanca, Unai haría de *catcher* y recogería las pelotas que Blanca no lograra golpear con el bate.

Hacía un frío de mil demonios y el campo se llenaba de nuestra respiración humeante de fumadores sin cigarro.

Blanca movió los pies en el sitio y giró las muñecas sobre el bate. Luego miró hacia Lucas, que debía tirarle la pelota. Pero Lucas no miraba hacia Blanca, sino hacia otro punto. Unai siguió la mirada de Lucas. Iba directa a la primera base, donde estaba Natalia. Yo lo vi todo porque estaba en la tercera base mirando hacia Lucas, mirando dónde miraba. Y como Unai entraba dentro de mi campo visual, también lo cacé mirando primero a Lucas y luego mirando lo que miraba Lucas, o sea, Natalia, y después mirando hacia mí, y entonces Unai hizo como que no me miraba y miró hacia Lucas, pero Lucas, que se había vuelto dispuesto a batear, al ver a Unai mirando hacia la tercera base, siguió su mirada y me encontró a mí mirándole a él. Y entonces Blanca miró hacia donde Lucas miraba. Algo como esto:

Y así podríamos haber seguido, jugando silenciosamente a lanzar y cazar miradas en vez de pelotas.

Habríamos tenido más éxito.

Porque como nadie estaba donde tenía que estar ni miraba donde tenía que mirar, para cuando Lucas tiró la primera pelota, Blanca miraba hacia Natalia y la pelota pasó delante de sus narices sin que la rozara con el bate, y Unai la recogió. *Strike* uno.

Y la segunda vez que Lucas tiró la pelota, con todas sus fuerzas, Blanca miraba hacia Unai y ni movió el bate, y la pelota de Falcón siguió su trayectoria hacia Unai, que me miraba a mí, y fue precisa, directa y letal hacia el lugar que, de haber tenido una equipación más completa, estaría protegido por lo que llaman la «concha medicinal». En fin, si esto lo estuviera contando mi abuelo, tendría un amplio vocabulario para nombrar esa zona.

Pero creo que si te cuento que Unai se quedó doblado en el suelo, es fácil que te hagas una idea de la localización geográfica de su dolor. Sin embargo, creo que cacé el sufrimiento en su cara unos segundos antes de que le golpeara la pelota.

Cuando miré hacia Pinilla, que había visto nuestro juego lanzamiradas desde un lateral mientras esperaba su turno, aún recogí otra mirada más. La cacé al vuelo, esa mirada que conozco tan bien: la mirada detectalocos, que se completó con su diagnóstico en cuanto se acercó a ocupar mi puesto en la tercera base.

–Estás fatal, Luján.

Y si todo esto te parece un lío, aún no has leído nada.

76
FATAL

Tenía razón Pinilla. Estaba fatal y estuve fatal toda la semana.

Y mira que había salido el lunes de casa con una fuerza nueva y secreta, como un superhéroe que acabara de descubrir su superpoder y que supiera que podría utilizarlo en cualquier momento.

Pero cuando llegué vi que, aunque la mayoría de mis compañeros parecían dispuestos a reintegrarme –porque eso parecía yo cuando volví de mi expulsión disfrazada de gripe, un preso recién salido de la cárcel mendigando su reinserción social–, algunos, como Natalia y Blanca, seguían mirándome igual que a una asesina en serie.

Además, por un lado, imbécil de mí, me seguía dando un ataque de no-sé-qué, no sé si celos, rabia o tristeza, cada vez que veía a Lucas y Natalia juntos.

Y por otro lado, me sentía incómoda cuando en el recreo coincidía con Unai. Era raro, muy raro. Porque era como si me esforzara en intentar fingir que no había pasado nada, pero al mismo tiempo me decía a mí misma que no había pasado nada, y que por tanto no era necesario fingir, y entonces se me notaba el esfuerzo de fingir que no era necesario fingir que no había pasado nada porque nada había pasado y... ¿Por qué se había liado todo tanto últimamente?

Intentaba desenredarlo y pensaba: no es tan complicado; Unai ha llorado en tu casa, ha llorado contigo, tú le has acariciado, no solo eso, has tenido (me costaba confesármelo) ganas de besarlo. Vale, quizá sí habían pasado un montón de cosas, pero casi todas por dentro, y normalmente lo que cuenta como «cosas que pasan» son las que ocurren por fuera, las que son visibles a los ojos, audibles a los oídos, las que se tocan, las que se huelen, las que saben. Pero era como si Unai y yo, traspasada cierta frontera, porque mi mano había traspasado la frontera de su pelo para llegar a la piel de su nuca y sus lágrimas habían acabado mojando mis mejillas, y eso era mucho traspasar, como si Unai y yo, digo, no pudiéramos tener una conversación normal. Como si después de aquella confesión de Unai ante mi ventana lluviosa tuviera que venir necesariamente otra conversación trascendente. Pero nunca era el momento, nunca era el lugar. Y hablar sobre los exámenes y las nubes parecía una traición. Creo que todo es por culpa de los libros y las películas, que están llenos de conversaciones trascendentes y de momentos mariposa y de oh, y de ah, y de uh, y hacen que, en comparación, nuestra existencia parezca tonta y horriblemente insípida.

A todo esto tenía que sumar que seguía intrigada por la muerte de su padre. Pero ¿cómo hablar del tema? «¡Hola, Garzón! ¿Qué tal? ¿Cómo llevas el trabajo de Lengua? Entonces... ¿cómo dices que murió tu padre?».

Conforme avanzaba la semana, se hacía evidente que la culpa de que la sonrisa con la que me recibió Unai el lunes fuera bajando cinco grados cada día era completamente mía. Porque él esperaba algo de mí. Para el viernes ya no quedaba ni rastro de aquella sonrisa con la que estrenó la semana. Y con la boca alineada con el horizonte, se despidió de mí diciendo:

—Adiós, Garza.

Se quedó mirándome como con ganas de volver a sonreír. Pero yo bajé la cabeza y murmuré:

—Adiós, Garzón.

Me sonó tan distinto de aquel otro «adiós, Garzón» que me dejó con las pantuflas pegadas al suelo... Salí corriendo, como si me esperara un asunto de vida o muerte. Ahora pienso que lo que estaba en riesgo, debatiéndose entre la vida y la muerte, era mi propio orgullo.

Cuando llegué a casa, estaba tan enfadada conmigo misma que, nada más entrar, cerré de un portazo.

El abuelo, impertérrito en su sofá, me dijo sin mover la mirada de la tele ni la mano del mando:

—El que tiene cama y duerme en el suelo, no tiene consuelo.

Y yo fui a mi cuarto y cerré dando otro portazo.

Odio cuando mi abuelo tiene razón.

77
UN DIPLOMÁTICO EN CASA

Ese fin de semana lo pasaba con mi padre.

Mi madre iba a llevarme a su casa en coche a última hora de la tarde.

Cuando el abuelo me vio salir con la mochila al hombro, se despidió de mí con un enigmático –enigmático para mi madre–: «Acuérdate de reciclar, moñaca».

–¿Qué dice el abuelo? –preguntó mi madre, extrañada.

–Cosas nuestras –respondió el abuelo.

Mi madre cogió aire hinchando el pecho y las aletas de la nariz. Conozco ese gesto. Lo hace cuando está a punto de explotar. Se debe de creer que en el oxígeno extra va incluida gratis una dosis de paciencia.

–Pues mira, hablando de reciclaje, ya que comer en esta casa parece que también es cosa tuya, no estaría de más que quitaras el aceite de la freidora y lo llevaras al punto limpio.

–A sus órdenes –dijo el abuelo.

–Lo digo en serio –dijo mamá, en verdad seria.

Uf, me iba a venir bien pasar unos días con mi padre, en el paraíso del aburrimiento. Solo esperaba que a mi vuelta pudiera encontrar vivos a mi madre y mi abuelo. Estaría atenta a las noticias sobre parricidios e hijicidios, o como se llamaran. Eso pensé, hasta que de pronto...

–Y yo –contestó el abuelo sin rastro de chulería–. Lo digo en serio. Ahora cuando salga, me llevo el aceite. ¿Dónde lo pongo?

Parecía un enviado de esos de paz de la ONU. Mi madre se quedó fuera de juego.

–¿El qué? –preguntó.

–El aceite usado.

–Échalo en un bote de cristal de los del altillo, por favor. O en dos, si no te cabe en uno.

—De acuerdo.
—Y luego lo llevas al punto limpio.
—Bien.
—Gracias.
—Será un placer. ¿Quieres que lleve algo más?
—No, gracias. Muy amable.
—No hay de qué.

Abandoné la embajada suiza, que era en lo que parecía haberse convertido mi casa por arte de magia, o por arte del enviado especial de la ONU, y bajé al garaje con mamá. Nos montamos las dos en el ascensor y, en el último segundo, se coló el silencio.

Cuando entramos en el coche, nada más arrancar, sonó la música de esa emisora que pone canciones que mi madre sabe tararear. Ella no se molestó en bajar el volumen como suele hacer. Estaba empanada.

Yo no estaba de humor para hablar, así que agradecí que, para variar, no me ametrallara a preguntas, recomendaciones y buenos deseos para el fin de semana.

Camino de casa de mi padre, Cher se desgañitaba cantando «Cause I'm strong enough to live without you...», pero a mí la música me resbalaba. Era como si llevara una capa impermeable que repelía todas las notas, los gorgoritos y la chulería de la canción, que seguía sonando a todo volumen.

Fue por eso, porque el volumen estaba muy alto, por lo que no oí el sonido que me avisaba de que alguien me había escrito.

78
SILENCIOS

Vi el mensaje cuando saqué el móvil en casa de mi padre, pero él quería que cenáramos pronto. Mi padre presume de llevar horario europeo. Así que no pude responder hasta mucho tiempo después, cuando me encerré en mi cuarto con la excusa poco creíble de estudiar a esas horas.

¿No tenías algo que decirme?

Era Unai.

¿Qué?, le respondí. Habían pasado setenta y dos minutos desde que él me había mandado su mensaje. Pensé que tardaría en contestarme y me fui poniendo el pijama. Pero Unai respondió como si llevara todos esos minutos pendiente de mi «¿Qué?».

Me dijiste que sabías cómo había muerto mi padre...

Ahí estaba la conversación trascendente que había estado esperando toda la semana, la que no llegamos a tener cuando vino a casa porque la cambiamos por otra en la que hablamos del Alcorcón y de Lola y del hombre del que solo quedaban fotos.

Sin embargo, reconozco avergonzada que, nada más ver el mensaje, pensé que era una excusa de Unai para hablar conmigo. Me bastó usar una neurona para curarme de mi yomismocentrismo. Si yo, que estaba en los laterales de esa historia, en el ridículo margen donde están los compañeros de clase del hijo del muerto, si hasta yo necesitaba saber qué había pasado con el padre de Unai, cómo no iba él a interesarse por saberlo. Yo llevaba una semana deseando tener esa conversación; Unai llevaba años.

Lo que sucedía era que él había necesitado todo ese tiempo para reunir el valor de hacerme la pregunta. O quizá es que era incapaz de tener esa conversación cara a cara, o al menos cara a cara en el recreo, rodeados de gente. Otra cosa habría sido si hubiéramos estado solos en una habitación, no cara a cara sino cara a una ventana que parece llena de lágrimas, mirándonos de frente en el reflejo del cristal mientras nos damos la espalda, con un abuelo espiándonos a través de la pared.

Esta conversación no iba a espiarla nadie porque no iba a ser dicha, ni siquiera susurrada, sino escrita con algunas letras menos y bastantes menos tildes de las que ahora te pondré.

Me descalcé, me quité la goma del pelo y me tumbé en la cama con el móvil en la mano.

Le conté a Unai lo que me había dicho mi madre. Me sentí bastante estúpida al escribirlo:

Tu padre tuvo un accidente de tráfico. Su coche se salió de la carretera.

¿Nada más?, me preguntó Unai.

No sabía qué esperaba de mí.

Nada más.

Que yo sepa, escribí.

Y entonces le hablé de mis investigaciones. Le conté que a mí también me había extrañado que «solo» fuera eso, y que había buscado en internet, y hasta estuve tentada de contarle lo de aquel Pablo Hernán que, obviamente, no era su padre.

Tuve ganas de llamarlo porque iba a darme una deditis de tanto escribir, pero pensé que si él no llamaba, era porque prefería hacerlo así.

Cuando le dije que me había hartado de encontrar Héctores Hernanes argentinos, se echó a reír. Bueno, no sé si se echó a reír, pero me mandó un «jajajaja» (claro que yo creo que el 73% de los «jajajaja» que se escriben no son reídos de verdad). Resulta que su padre no se llamaba Héctor como su hermano mayor, tal como yo había supuesto. Se llamaba... Unai.

Pero tu hermano se llama así, ¿no?, le dije. **Me ha dicho mi madre que es muy guapo...**

En realidad somos iguales 😄, me dijo Unai.

Seguro.

Ya te enseñaré una foto.

¿Por qué no me enseñas mejor a tu hermano?, le pregunté.

Estudia fuera.

Luego escribió algo y lo borró, o eso creo, porque no me envió nada. Y después me explicó que su padre no había logrado convencer a su madre para que pusiera su nombre al primer hijo, pero que con el segundo su madre ya se rindió. No andaba yo tan desencaminada con mis suposiciones.

Durante unos segundos, ninguno de los dos escribió. Los silencios a través de las pantallas no son muy distintos de los que se dan cuando estás cerca de alguien. Pesan y reposan igual.

Yo también investigué, acabó escribiendo Unai.

Y entonces me contó cómo se le habían quedado dentro otros silencios, los que se hacían de pronto, violentamente, cuando él entraba en el cuarto donde su madre hablaba con alguien al poco de morir su padre. No recordaba gran cosa de aquella época, pero sí recordaba las conversaciones a media voz, los silencios repentinos, las miradas de reojo. Era un niño, pero tenía la seguridad de que le estaban ocultando algo. Desde los Reyes al ratón Pérez, todo niño está adiestrado en la sospecha. Y Unai tuvo que añadir otra sospecha a las habituales: la de que había algo en la muerte de su padre que su madre le intentaba ocultar. La diferencia es que habían pasado los años y aún no había logrado despejar esa incógnita.

79
HIPÓTESIS

Una vez, una sola vez, cuando tenía once años, le preguntó a su madre por esos silencios que él recordaba. El esfuerzo por no parecer nerviosa y la sonrisa forzada que adornó el «qué cosas tienes, Unai» con el que zanjó la conversación, solo sirvieron para hacer que las sospechas de Unai se convirtieran en una certeza más. Sí, no hay ningún ratón coleccionista de dientes, Baltasar se apellida como tu padre y Melchor como tu madre, y había algo extraño en la muerte de Unai Hernán (padre).

A lo largo de los años, Unai hijo había manejado varias hipótesis. Algunas nos las había contado en clase. Sin embargo, se callaba las que tenía por más reales. Esas no las había compartido con nadie ni quería hacerlo. Solo en ese momento las estaba compartiendo conmigo.

En medio de la charla, Pinilla me mandó un mensaje: **Luján, sé que estás ahí. ¿A quién escribes?** Por un momento dudé si contestarle. Sabía que me exponía a su «jajajaja», pero no quería dejarla sin respuesta. Abandoné la conversación con Unai un segundo y escribí a Pinilla: **Con Unai. Ya te contaré**. Pinilla me respondió: **Jajajaja. Ya me contarás, ya**.

Del «jajajaja» de Pinilla pasé al lamento de Unai. Así es la vida.

Unai me contaba que en cuanto supo lo que era un seguro y que su familia cobraba un dinero por la muerte de su padre, pensó que aquella mentira tendría que ver con eso. Lo había visto en alguna película. Quizá su padre había muerto de otra forma y habían hecho creer a todo el mundo que había sido un accidente para cobrar el seguro.

Unai me contaba todo aquello y yo me sentía muy pequeña y muy boba. Normalmente me tenía por mayor y presumía de mi madurez al lado de otros a los que veía más niñatos, pero oía hablar del seguro, de cobrar... y pensaba que eso sí que eran asuntos de mayores, como la hipoteca, Hacienda y esas cosas que no tenía ninguna prisa en hacer mías. Se me escapaban. Pero se notaba que Unai sabía de lo que hablaba. Si yo era madura, Unai se había pasado de maduro, se había caído del árbol y, una vez en el suelo, lo habían picoteado los pájaros y acribillado las moscas. Toda la vida, su vida desde que tenía cuatro años, con una idea negra sobrevolándole, zumbándole en el oído, incordiándole, desvelándole...

Porque la hipótesis del seguro no era la peor de las que había barajado Unai, ni la más probable.

80
VER LA LUNA

Unai tardó mucho en escribir aquella hipótesis que le quemaba. Normalmente escribía deprisa, pero se pegó siglos para teclear:
   A veces creo que se suicidó.
   Cuando Unai dio con esa hipótesis, años después de la muerte de su padre, todo pareció encajar: los silencios, las conversaciones interrumpidas, la actitud de su madre, que parecía más enfadada que triste, incluso el accidente. Podía ser cierto, podía haber tenido un accidente de coche, podía haberse salido de la carretera... a propósito.
   Hubo una época en la que Unai buscó en los cajones de su madre una nota de despedida escrita por su padre. No la encontró. Pero la idea no desapareció.
   No soportaría que esa fuera la verdad, me escribió Unai. **Llevo toda la vida pensando en cómo pudo darme un beso y saber que era el último beso que me iba a dar. No se lo puedo perdonar.**
   «No se lo puedo perdonar». No dijo: «No se lo podría perdonar». Unai daba por hecho que esa era la verdad.
   ¿Cómo llorar por alguien a quien no puedes perdonar?
   No sabía qué decir.
   Me levanté de la cama y miré por la ventana. Ya había oscurecido. Me vi a mí misma reflejada en el cristal, borrosa, seria y con el pijama de la abuela. Se ve que solo podía hablar con Unai, hablar en serio, en pijama. Sin dejar de sostener el móvil con la derecha, me llevé la mano izquierda a la frente como visera y la pegué al cristal para ver algo distinto de mí misma.
   Y lo que vi fue una luna llena impresionante. Se veía enorme, una perla gigantesca en medio de aquel cielo negro de ostra. Me imaginé que desde su ventana Unai podría ver la misma luna que yo. Estuve a punto de escribírselo: «¿¿¿Has visto qué luna???». Pero no lo hice.

Sin embargo, yo era hija de una psicóloga. En mi casa, mi madre hablaba de cosas así. Se suponía que podría decir algo.
Unai, igual tu padre tenía una depresión, le escribí por fin. **Las depresiones son enfermedades. Mi madre te lo puede decir.**
Unai no respondió.

Pensé en todos aquellos estúpidos salvavidas que me lanzaron a mí esos socorristas de pacotilla cuando estaba hundiéndome porque Lucas no me quería. Qué inútiles me parecían aquellos intentos de hacerme sentir mejor. Seguramente mis palabras eran igual de inútiles.

Pero al menos Unai no me respondió de mala manera, sino con un educadísimo **Gracias, Garza** que me dejó aún más hecha polvo. Tuve la sensación de que lo dejaba solo al borde de un precipicio. Solo supe decir: **Por nada, Garzón.**

Y me quedé ahí, junto a la ventana, con el móvil pegado a la mano sin poder dejar de mirar la pantalla. Unai también estaba ahí. Ninguno de los dos se iba.

Entonces empecé a escribir: **¿Has visto la l**, pero antes de acabar, me pareció que era una tontería y lo borré. Unos segundos después supe, porque me lo chivó el wasap, que Unai también me estaba escribiendo. Pero también debió de borrarlo, porque no me llegó su mensaje. Dos eternos minutos después, los dos en línea, dejé el móvil.

Camino del salón, pensé qué sería eso que habría escrito y borrado Unai. Me imaginé que había escrito: **¿Has visto la luna?**, y quise que fuera verdad, que después de contarme todo aquello, Unai aún fuera capaz de reparar en aquella perla gigantesca capaz de iluminar cielos más negros que las ostras, más negros que sus camisetas.

81
A GOLPES

–¿Qué ves? –pregunté a mi padre mientras me ovillaba a su lado en el sofá como un gato mimoso.

Nunca lo hacía, o al menos nunca desde hacía unos cuantos años. Pero ningún Día del Padre había conseguido hacerme sentir tan afortunada por tener un padre soso, aburrido y vivo esperándome en el sofá.

Estaba puesto uno de esos canales que te fríen a reportajes sobre arte, historia o tribus perdidas donde aún no han abierto un McDonald's. A mi padre le encantan, los reportajes esos, no los McDonald's.

–Es sobre Miguel Ángel, el escultor.

–Mmh –ronroneé.

En la tele no dejaban de salir esculturas y pinturas de tíos desnudos, y me imaginé los comentarios graciosillos que habría hecho el abuelo de estar ahí. Pero estaba con mi padre.

–Miguel Ángel es el que pintó la Capilla Sixtina. Lo sabías, ¿no?

–Entonces era pintor, ¿o qué? –respondí yo.

–Sobre todo era escultor, pero hizo de todo. También fue arquitecto. Hasta escribió poesía.

La poesía y mi padre eran mundos paralelos, tanto que hasta me resultó gracioso oír la palabra «poesía» en su voz. Era como si hubiera dicho «longboard» o «lo flipas».

Ver un reportaje sobre Miguel Ángel con mi padre me pareció un plan increíble y perfectamente aburrido, justo lo que necesitaba en ese momento.

Contaban que Miguel Ángel veía las esculturas en los pedazos de mármol. Miguel Ángel decía que estaban ahí dentro, dentro de esos enormes pedruscos, que él lo único que hacía era quitar los trozos que sobraban. Era como si liberara de una jaula de piedra a esos tíos guapos y cachas o a esas vírgenes que sufrían con cara de no sufrir o a esos ángeles de alas perfectas. Todo a base de golpes.

Y fue escuchar la palabra «golpes», ver una imagen de unas alas y unas manos martilleando un trozo de mármol con un escoplo o un cincel o no sé qué, oír el tic contra la piedra y pensar en el pam de cuando Lancelot chocó contra mí y en cómo me dije a mí misma que la vida era un golpe detrás de otro. Y a continuación pensé en el pobre Unai, aunque al mismo tiempo me odié a mí misma por pensar en él como «el pobre Unai», que había recibido aquel PAM, y no me refiero al golpe del partido de béisbol, sino a aquel otro golpe con mayúsculas que recibió cuando era mucho más minúsculo de lo que es ahora.

En el reportaje dijeron que Miguel Ángel sacaba la belleza a golpes. Ojalá no fuera el único. Igual los golpes eran oportunidades para encontrar algo, un ángel, una persona..., oportunidades para sacar belleza, como hacía Miguel Ángel. Y no digo que todas las personas golpeadas por la vida sean automáticamente más bellas, porque ahí tienes, sin ir más lejos, a Blanca, que de pequeña se pegó un año en el hospital y que no deja de ser perfectamente imbécil; pero... supongo que tampoco Miguel Ángel encontró siempre algo bello dentro de cada piedra.

Y ya no sé qué más pensé porque me quedé roque. Lo supe la mañana siguiente, cuando me desperté en mi cama. No recuerdo cómo llegué hasta allí. Es probable que mi padre intentara espabilarme lo suficiente para que arrastrara los pies hasta mi cuarto más dormida que despierta. Pero he decidido creer que aquella noche mi padre me cogió en brazos como cuando era pequeña y llegaba dormida de un viaje en coche, y que me llevó hasta la cama y me arropó y me dio un beso en la frente y me dijo: «Buenas noches, Clarita», y que cuando fue a cerrarme la persiana, porque la persiana estaba cerrada por la mañana cuando me desperté, vio aquella luna gigantesca y se sintió bien.

82
DE NUEVO ANTE EL ESPEJO

La persiana cerrada, señal de que mi padre se preocupaba por mí, no era el único mensaje que me encontré nada más despertar. Tenía otro, en el móvil.
Ven ven ven ven ven ven...
Era de Pinilla.
Casi lo había olvidado. Ese sábado iban a ir al Maracaná. Malditas las ganas que tenía yo de volver allí. Pero entonces...
¿Quiénes van a ir?, le pregunté.
Pinilla me pasó «la lista de invitados», y en ella estaban el nombre o los nombres que esperaba encontrar.
Por la mañana hice deberes y luego jugué un partido de tenis con mi padre. Preparamos la comida. Comimos. Recogimos. Nos aburrimos plácidamente juntos. Por la tarde me probé cuatro cosas diferentes y eché de menos una falda y unos pendientes que tenía en casa de mi madre, y a Pinilla para hacerme de estilista particular.
Antes de ponerme el rímel, me quedé mirándome fijamente en el espejo. Ahí estaba, otra vez en el baño de casa de mi padre. Parecían haber pasado seis lustros desde aquel otro sábado en que se me apareció en el espejo Unai, y no quise verlo, y cerré los ojos tan fuerte que cuando volví a abrirlos parecía un oso panda, con el rímel negro por todo el borde del ojo, y entonces me entró aquella horrible duda sobre si yo era una buena persona.
Pero esta vez estuve un minuto entero mirando al espejo, sesenta segundos contados, y no apareció la duda, ni Unai, y aunque lo hubiera hecho, creo que no habría cerrado los ojos. Ahí estaba solo yo, con el pelo suelto y una sonrisa. Y entonces me puse el rímel, me pinté con el gloss y, cuando llegué al Maracaná, Magda me dijo:
–Qué guapa estás.
Y yo le dije:
–Magda, vas sin gafas.
Y nos echamos a reír.

83
UNAI

Lo reconozco. A estas alturas no te sorprenderá. Había vivimaginado cómo sería encontrarme con Lucas, y también con Unai. Pero ninguna de las posibilidades que había imaginado se acercó ni de lejos a lo que me encontré en la realidad.

La realidad nos la señaló Pinilla unas horas después a Magda y a mí, aunque no habría hecho falta. Todos los ojos señalaban hacia él. Había oído la expresión aquella de «ser el centro de las miradas», pero nunca la había visto con esa exactitud geométrica. Miraras donde miraras, los ojos de la gente te conducían al mismo punto, al lugar donde bailaba Unai.

No es que él estuviera en el centro y se hubiera formado un corro a su alrededor, no.

Se movía por toda la pista, de un lado a otro, con la ligereza de un jilguero, el exotismo de un flamenco, la fuerza de un águila, la elegancia de un cisne y la gracia de un colibrí, y sus kilos eran de pluma. Me he tirado una hora pensando qué pájaro describe mejor cómo bailaba Unai, y aún siento que no llego ni a la suela de los zapatos de la realidad; es tan difícil a veces contarla... Te lo diré lo más claramente que sé: era TAN BONITO verle bailar...

Se te ponía una sonrisa en la cara solo de verlo, y el Maracaná estaba lleno de ojos y de sonrisas que miraban a Unai como nunca lo habían mirado. Porque a Unai lo miraban a menudo, y a veces sonreían, sí, pero eran sonrisas como la del Joker de Batman o directamente risas como las que acompañan los vídeos de descerebrados que se ganan de la forma más idiota una entrada al hospital por la puerta de Urgencias. Sin embargo, las sonrisas de ese día eran diferentes. Era una pena que él no pudiera verlas, porque se notaba que no veía nada a su alrededor. No existíamos. En ese momento solo existían él y la música. Bailaba como si estuviera solo, como si nadie le mirara, como si ni siquiera él se viera, olvidado de todo, de la gente, de la vergüenza, de los espejos...

–¿Qué pasa? ¿Qué pasa? –preguntó Magda, que no veía tres en un burro sin las gafas.

¿Cómo explicárselo?

Pinilla fue breve y exacta:

–Unai –dijo, y siguió mirando boquiabierta.

La libertad era eso, era Unai ahí bailando. Y de todas aquellas personas que le miraban, solo yo creía saber por qué parecía más ligero que nunca. La noche anterior, hablando conmigo, se había quitado un peso de encima.

«Vaya», me dije, acordándome de Miguel Ángel y sus hallazgos dentro de los trozos de mármol. «Así que esto es lo que había dentro de Garzón, lo que ha salido a fuerza de golpes: un bailarín».

Entonces acabó la canción, y la mirada de Unai, que hasta entonces andaba perdida en el interior de la música, se cruzó justo con la mía, quién sabe si por cumplir aquella mariteoría de las miradas correspondidas, y Unai dejó de bailar y vino hacia mí.

De Lucas, ni rastro.

Por primera vez, la realidad me sorprendió para bien.

84
¿POR QUÉ NO BAILAS?

Sudaba, pero olía a colonia.
Se quedó frente a mí sin decir nada. Yo me acordé de una cosa que contaron en el reportaje de Miguel Ángel, que cuando terminó de hacer la figura de Moisés, se puso delante de ella, le arreó un martillazo y le preguntó: «¿Por qué no me hablas?».
Unai no tenía un aspecto tan terrible como el Moisés, y además las gotas de sudor por su frente dejaban claro que no era ninguna estatua, pero ganas me dieron de preguntarle lo mismo. Él se me adelantó.
–¿Por qué no bailas? –me preguntó.
Bailar es una manera de no hablar. Posiblemente, una de las mejores. Pero lo que contesté fue:
–Porque no lo hago tan bien como tú.
Unai me enseñó entonces que lo de «sonreír de oreja a oreja» puede no ser una exageración, y respondió algo.
–¿¿Qué?? –le grité al oído. La música sonaba muy fuerte y era difícil hacerse oír.
–Que eso lo veremos –me gritó él al oído. Sentí un cosquilleo en la oreja y el olor dulzón de su aliento. Me parece que había bebido.
–Ni hablar. Juegas con ventaja –le grité.
Unai la cazó al vuelo.
–¿Quieres tomar algo?
–No, gracias. Me ahogo –habría dicho cualquier cosa con tal de no tener que bailar en ese momento. Me moría de vergüenza–. Voy a salir a tomar el aire.
–Te acompaño.
Y ahí estábamos, a la salida del Maracaná, sentados en el peldaño de entrada de un portal cercano, echando vaho por la boca.
A mí se me cortó el aliento cuando Unai dijo:
–¿Has visto qué luna?

85
ATERRIZAJE FORZOSO AL INTERIOR DEL DOLOR

No fui capaz de decirle que eso, la luna, era justo lo que quería que viera cuando dejamos la conversación el día anterior. No podía hablarle de eso, no podía acariciarle la cabeza, no fuera de mi habitación, no sin mi pijama, no así como así.

El manto de humedad que apenas noté al salir del Maracaná me iba envolviendo poco a poco. Sentí el frío en los huesos y la necesidad urgente de aterrizar la conversación. No sabía Unai, pero lo que es yo, necesitaba mi tiempo. Tenía que bajar la conversación de la luna a la tierra y me agarré al primer tema que se me ocurrió: la música.

La canción que acababa de ver bailar a Unai, que si esta canción sí, que si cómo te puede gustar esta otra, que si has oído aquella, que si has escuchado aquella otra, que si esta me pone de buen humor, que si aquella no la soporto... Un rato después, yo misma, sin darme cuenta, escarbé un poquito bajo tierra cuando confesé a Unai que durante unos días no había podido parar de escuchar aquel *nemequitepá*.

—Es una canción tristísima que me enseñó mi abuelo. Para llorar.

Entonces Unai aprovechó que yo había escarbado con una cucharilla de café en la tierra para dar una palada gigantesca y cavar un hoyo del tamaño de una tumba.

Me habló de las canciones que escuchó su madre durante tanto tiempo, canciones para llorar. Y volvimos al punto donde nos habíamos quedado.

Estábamos sentados uno al lado del otro, muslo contra muslo, como en el autobús, pero esta vez mis piernas no buscaban escapatoria. Unai miraba la luna. Yo miraba su perfil y el movimiento lento de sus labios mientras hablaba. Me estaba hablando de cómo todo encajaba con la teoría del suicidio de su padre, pero yo no podía concentrarme en sus palabras. Estaba mirando sus pestañas apretadas y la curva de su frente y no prestaba atención a lo que decía. Cuando me di cuenta, me habría dado una bofetada a mí misma. Estaba fatal. Ya me lo decía Pinilla. ¿Cómo podía volver a atontarme así? Estaba a un paso de creer que Unai tenía un parpadeo desarmante.

Me puse a mirar la luna y me esforcé en escuchar lo que contaba Unai, en actuar como una persona y no como una pava. Unai estaba hablando de cómo la ausencia de su padre llegó a ocupar todo el espacio.

–No creo que puedas entenderlo –me dijo, y entonces noté que se volvía a mirarme, no tanto por la mariteoría de la percepción extrasensorial de las miradas, sino porque tenía su cara muy cerca de mí y sentí su aliento cálido en mi mejilla. Dejé de mirar la luna y me volví hacia él. La luz de la farola se reflejaba en su pupila derecha. Al mismo tiempo, se abrió la puerta del Maracaná y por un momento salió el rumor de una canción.

Y yo en ese momento me acordé de cuando esperaba a Lucas en el aparcamiento de motos, y de lo que yo había vivido como la ausencia en estado puro: el silencio del motor, el hueco en el aparcamiento, la muñeca de Lucas que imaginaba desnuda... Y entonces, estúpida de mí, le dije a Unai:

–Creo que puedo entenderte.

Y le hablé de todo eso a Unai, de la ausencia de Lucas, de cómo sentía que me había arrugado el corazón, y que aquellos pliegues no habría forma de borrarlos. Era mi humilde conocimiento de la ausencia, ese desde el que podía imaginar la gran ausencia de Unai. La ausencia según Garza como método para entender la ausencia Garzón.

Conforme iba hablándole, las pupilas de Unai se agrandaban, y cuando me callé, demasiado tarde, mi oído especial para las cosas que no se dicen escuchó su incrédulo «no me compares».

–Ya sé que no es lo mismo... –me adelanté a decir. Pero para entonces me encontré con un muro de mármol y silencio y unos ojos impenetrables como esos de las esculturas de Miguel Ángel.

Me habría encantado que Unai tuviera la misma capacidad que yo, porque así habría oído lo que no llegué a decir, mi excusa para hacer eso que ha podido parecerte una barbaridad: comparar esos dolores, el dolor de Unai, o el dolor que podía estar sintiendo mi abuelo o mi madre, o yo misma, por la muerte de mi abuela, con mi dolor por que Lucas no me quisiera; era como comparar una herida mortal con una raspadura que no merece ni una tirita. Pero prueba a estar dentro del dolor, prueba a quitar importancia a un dolor cuando estás dentro de él. Prueba a medir el sufrimiento. ¿En qué unidad de medida? ¿En número de punzadas? ¿En litros de lágrimas? ¿En metros de clínex usados?

Cuando fui a París con mi padre, se empeñó en visitar un museo aburridísimo, el Museo de Pesas y Medidas. Allí tienen el metro, el kilogramo y todas las medidas que te puedas imaginar. Pues ni ahí encontrarías con qué medir el sufrimiento. No hay lugar más alejado del Museo de Pesas y Medidas de París que el interior de un dolor.

86
MANDARINA

Soy la peor socorrista del universo, sin exagerar.

Cuando por fin Unai había logrado salir a flote, después de años en la negrura de lo profundo del océano, él sacaba la cabeza y, ¡zas!, lo recibía con una ahogadilla.

Unai se puso de pie y todo se volvió oscuro. Literalmente. Unai me tapaba la luz de la farola y yo me había convertido en una sombra de él, como en la canción del abuelo, pero de verdad. Desde donde yo estaba, casi a ras de suelo, le veía gigantesco.

Extendí el brazo para que me diera la mano y me ayudara a ponerme de pie. Antes de hacerlo, me miró fijamente a los ojos. Por fin me dio la mano. La suya estaba caliente. Sentí que la mía era un cubito de hielo que se derretía dentro de la suya.

Tiró de mí hacia arriba más fuerte de lo que esperaba y, al sumarse su fuerza y mi impulso, salí disparada hacia él. Prácticamente aterricé sobre su cuerpo, ese cuerpo que había visto bailar hacía unos minutos.

–Perdona –susurré.

–¿Por qué? –me preguntó Unai.

–Tengo que irme –dije, y aunque lo parecía, esa no era la respuesta a su pregunta–. Mi padre es un pesado con la hora de vuelta a casa.

–Ya –dijo Unai–. Al menos yo no tengo ese problema.

Unos días antes no habría sabido si esa frase iba en broma o en serio. Seguramente me habría dado miedo. Pero a esas alturas ya sabía que era solo una gracia poco graciosa de Unai. No sería yo, la reina de las gracias sin gracia, quien le dijera que aquello no merecía ni un triste ja, así que volví a practicar la sonrisa de Mona Lisa.

Nos habíamos quedado en una postura ridiculísima. Estábamos más cerca de lo que suelen hablar las personas, a esa distancia imposible que pide a gritos dar un beso o un paso atrás; pero no hacíamos ninguna de las dos cosas y seguíamos la cháchara tonta como dos que se encuentran en la fila del autobús.

–¿Te quedas? –le pregunté yo–. Me parece que se van de botellón.

Unai asintió y, como estábamos tan cerca, al inclinar la cabeza, la punta de su nariz prácticamente me rozó el pelo.

–¿Mandarina? –dijo extrañado.

–Sí –contesté, y se me puso una sonrisa de gajo de mandarina–. Es el champú.

Unai me soltó la mano que aún seguía derritiendo la mía desde que me había levantado del suelo y me la acercó a la nariz. Su mano olía claramente a mandarina.

–¿Champú? –le dije sonriendo.

–Mandarina –me respondió con una sonrisa aún mayor, y bajó la mano.

Se hizo un silencio tonto y yo dije, por no soportarlo más:

–No hay forma de que se vaya el olor, ¿verdad?

–Verdad. Mi invento imposible favorito sería un eliminador de olor manual a mandarina.

Yo asentí.

–*Tangerinator* –sugerí como nombre comercial.

Unai soltó una risa, y yo también me reí, y él siguió riendo, y yo pensé que mi gracia no era para tanto, pero me dio la risa de verle reír así, y creo que a él le dio risa verme reír y... Era tan agradable reír con Unai... Me di cuenta entonces de que una vez más me había equivocado: el deseo de ser gracioso no siempre es una brújula estropeada. A veces te puede perder, sí. A mí me pierde la gracia a menudo. Pero todas esas pérdidas, todos esos callejones sin salida de la gracia compensan por aquellas veces en que consigues hacer reír a alguien. Solo se me ocurren dos o tres cosas mejores que lograr sacar la risa de un cuerpo que no es el tuyo. Una de ellas es reír con esa persona.

Miré la hora.

–Lo siento. Me tengo que ir.

–Lo siento –repitió Unai, pero no sonaba a «perdón», no sonaba como la típica frase. Sonaba como si sintiera que lo sintiera, no sé si me explico.

Y en ese momento, nada de «creo». En ese momento sé SEGURO que quise que Unai me besara. Y toda yo –mis ojos que miraban a sus ojos, mi pelo con olor a mandarina, mi mano derecha semiderretida que aún llevaba la huella de su nuca y mi mano izquierda congelada, mis labios llenos de gloss, mi columna vertebral que era como un cable de alta tensión repartiendo chisporroteos nerviosos a diestro y siniestro–, toda yo decía: «Bésame, bésame, bésame, Unai».

Bueno, mi lengua no. Mientras todo mi cuerpo chillaba «bésame, Unai», mi lengua dijo:

–¿Me despides de Magda y de Pinilla?

Y Unai, sordo como una tapia, no oyó a mi cuerpo. Solo escuchó la pregunta que formuló mi lengua.

Y entonces me dio una bofetada.

87
APAGÓN

No creo que él supiera hasta qué punto sus palabras iban a causar ese efecto. Me parece que las dijo más en plan *loser* que en plan malo-malísimo, pero el resultado fue ese, que cuando me soltó: «¿Quieres que le diga algo a Lucas si lo veo?», sentí como si me hubiera arreado un sopapo.

Hubo un apagón en la central eléctrica que era mi columna vertebral.

−No, gracias −y di un paso para atrás.

De nuevo se hizo un silencio.

−Adiós, Garza −dijo Unai.

−Adiós, Garzón −respondí yo, y esta vez tampoco los zapatos se me quedaron pegados al suelo, sino todo lo contrario. Salí volando sin siquiera darnos dos besos NORMALES de despedida y seguí corriendo como una boba de vuelta a casa, aunque aún me iban a sobrar unos minutos para llegar a tiempo.

Correr me hacía sentir menos mal. En cada zancada iba escupiendo las palabras que no debería haber dicho y sustituyéndolas por las palabras perfectas. Ese sería mi invento imposible preferido, una máquina que pudiera tragarse lo que dijiste y no tenías que haber dicho. Si existiera esa máquina, yo no habría hablado a Unai de Lucas cuando él me estaba hablando de su padre; no me habría atrevido a comparar su duelo con el mío, y en vez de «adiós, Garzón», le habría dicho «sigue bailando, Garzón». Y todo eso me decía mientras tenía esa sensación de estar viviendo lo mismo por segunda vez, mientras corría, un pie y otro pie, un pie y otro pie. La diferencia es que en esta ocasión estaba completamente sola. No había ningún halcón encima de mí vigilando mis pasos.

Cuando llegué a casa, hablé lo justo con mi padre y me fui volando a la cama.

Me costó dormirme. Aún no lo había conseguido cuando recibí un mensaje a las tres de la madrugada:

Ya sé cómo murió mi padre.
Lo leí con los ojos como platos.
¿Quedamos?, preguntaba Unai después.
Sí, escribí.
Unai se fue a dormir. Yo seguí despierta.
Cuando subí la mano a la almohada, junto a la cara, aún olía a mandarina.

PARTE TERCERA
DE CABEZA

*«La esperanza» es esa cosa con plumas
que se posa en el alma
y canta una canción sin letra
y nunca, nunca se calla.*

*Y más dulce suena en el temporal,
y fuerte debe ser la tormenta
que pueda acallar al pajarillo
que a tantos consuela.*

*Lo he oído en las tierras más frías
y en los más exóticos mares,
aunque jamás me pidió una migaja,
ni en las mayores adversidades.*

Emily Dickinson

88
UN BANCO DE CONFIANZA

–¡Fuera!
–¡Fuera!
–¡Fuera!
Así no menos de treinta veces, sin exagerar.
–¿Pero en qué estás pensando, hija? Te recuerdo que se trata de que la pelota bote DENTRO de la línea –dijo mi padre en plan chistoso. Para que luego mi abuelo lo llame Pansinsal.

Después de la paliza que le había dado el día anterior, mi padre no entendía que solo metiera la pelota en la pista de casualidad.

Pero yo no estaba en el partido de tenis. Tenía la cabeza, y al parecer también la mano con la que empuñaba la raqueta, en otro sitio, en el parque que hay a mitad de camino entre casa de mi padre y de mi madre, el lugar donde había quedado con Unai cuando acabara el partido. Ni rímel ni gloss ni falda. Coleta, ojeras y ropa de deporte, y la cara sonrosada que se me pone cada vez que hago ejercicio.

Hacía tiempo que no iba al parque. Normalmente me quedaba en el jardín de la urbanización, con Pinilla y con Zaera.

No habíamos quedado en ningún sitio concreto del parque. No es muy grande (el parque, digo) y pensé que no tardaría en encontrar a Unai.

Me quedé corta. Hay bares de carretera menos señalizados que Unai en aquel banco. Me bastó con seguir las miradas guasonas de dos dueños de perros. Desde luego, Unai les estaba dando motivos para el buen humor en aquella mañana soleada de domingo. Pelaba una mandarina con las manos, sentado en el banco del fondo, casi en medio del asiento, pero un poco escorado hacia la izquierda. Estaba claro que había elegido con cuidado dónde sentarse.

En el respaldo del banco había algo escrito. En letras de color verde. Verde fosfo.

Lo que veías al acercarte de frente al banco era: ESTE ES EL ÚNIC –y un bailarín sentado en medio con una sonrisa de oreja a oreja– DEL QUE TE PUEDES FIAR.

Terminé de acercarme corriendo.

–¡No me lo puedo creer! ¡¡No me lo puedo creer!!

Rodeé el banco. Detrás no me sorprendió encontrar la firma: «Comando Jubileta».

–¡Lo sabía!

Me entró la risa.

–¡Déjame ver qué pone! –pedí a Unai.

Pero Unai puso los brazos en cruz y se agarró al respaldo.

–Ni hablar. Le estoy guardando el secreto a tu abuelo.

La semana anterior les había contado a todos mis amigos lo de las pintadas del abuelo.

–¡Qué secreto ni qué ocho cuartos! ¿Tú crees que ha escrito esto en verde y en medio del parque para que no se entere nadie? ¡Vamos! ¡Levanta!

Unai no se movió.

Rodeé el banco y me puse detrás de él, dispuesta a empujarle.

–Que sepas que acabo de lanzar doscientas pelotas a millones de kilómetros de distancia. Hoy me he levantado con una fuerza sobrehumana –le amenacé.

–Me alegro, porque la vas a necesitar –dijo Unai con su pachorra de siempre–. Por si no te habías dado cuenta, yo soy bastante sobrehumano.

Y empezó el combate.

Desde aquí te lo digo, abuelo: gracias, muchas gracias, por ese momento tontorrón de empujones, forcejeos, quita, aparta, déjame ver, levanta... que acabó en cosquillas, un mordisco, que son los besos sin domesticar, y en otras tantas excusas para tocarnos como quien no quiere la cosa.

Desde un banco de ejercicios para abuelos, una mujer que ejercitaba su bíceps o su tríceps o no sé qué parte de su brazo, nos miraba con cara de «esta juventud...».

Éramos como Hulk Hogan contra Jake el Serpiente. Nuestra pelea estaba más amañada que una lucha de *pressing catch*. Si por fin Unai se levantó del banco fue porque se dejó ganar, está claro. Y el brazo suyo que yo mantenía retorcido en su espalda estaba ahí porque a él le daba la gana. Fue en esa postura como leí en todo su esplendor:

ESTE ES EL ÚNICO BANCO DEL QUE TE PUEDES FIAR

–Tu abuelo es genial –dijo Unai–. ¿Quieres?

Yo le cogí un gajo de mandarina.

–Pero bueno, ¿qué pasa? ¿Que ahora le vas a montar un club de fans? –comenté picada.

–Sí, y voy a ser el presidente. Si quieres apuntarte, la cuota son cinco euros.

Por un momento pensé que a mi abuelo no le vendría mal una colecta de su club de fans, y me pregunté si a esas alturas él y mi madre seguirían vivos.

Vivos...

89
LA ÚLTIMA VERSIÓN

Entre gajo y gajo de mandarina, Unai no tardó en contarme La Verdadera Historia de Cómo Murió Su Padre.

Yo, que estaba preparada para la sorpresa y el llanto y los ohs y los ahs y los uhs, me quedé con cara de pez.

—No sé... Yo esperaba... No sé... —le dije.

—¿Algo más raro?

—Quizá.

—Bueno, Garza. Así es la vida real. Esto no es una novela —me replicó Unai comiendo el penúltimo gajo de mandarina.

La vida real. Sin emociones añadidas. Ni oh, ni ah, ni uh, ni un concentrado de momentos mariposa.

—¿Decepcionado? —le pregunté. En realidad, estaba trasladándole mi propia sensación de timo.

—No —dijo Unai encogiéndose de hombros—. Si acaso, algo enfadado con él, por idiota. Pero creo que mi madre ya ha estado suficientemente enfadada por todos.

Eso le contó a Unai, el día anterior, cuando llegó a casa con un pedo descomunal.

Le contó que su padre había salido a cenar con unos amigos a un restaurante que estaba en la carretera. El padre de Unai bebió vino en la cena, unas copas después, y luego cogió el coche y tuvo el accidente. Fin de la historia.

La madre de Unai no quería que se supiera. Solo lo sabían los más íntimos. Le avergonzaba el qué dirán. Estaba enfadada, enfadada y dolida con su marido porque hubiera cogido ese coche en ese estado. Sentía que era tan fácil haberlo evitado... Y él habría seguido ahí, con ella, con Unai, con su hermano.

—Tu padre me dejó sola —le dijo llorando a Unai, después de que él hubiera vomitado hasta la primera copa y se hubiera dado una ducha.

El último regalo que había dejado el padre de Unai a sus hijos era un cuento con moraleja que su madre les revelaba el día de su primera borrachera.

—Mi padre no se suicidó —me dijo Unai—. No estaba deprimido, no era un enfermo. Mi padre hizo una tontería. No sé qué es peor.

Hasta entonces, Unai me había contado todo con esa impasibilidad de mole que le caracteriza, pero en ese momento, en vez de ojos, tenía piscinas.

Hacía esfuerzos por que no se desbordaran. No quise que siguiera esforzándose. Si él no quería, no lo vería llorar.

Lo abracé. Él apoyó su cara en mi hombro y empezó a sollozar. Primero suavemente. Luego, poco a poco, cada vez más fuerte. Al final se sacudía sin vergüenza. Lloraba como un niño, como un niño de cuatro años, y yo solo podía acariciarle la cabeza y acompañar sus lágrimas con mi mano bienintencionada. Sobre el banco reposaba la monda de la mandarina. Metí la mano izquierda por debajo de su cazadora para que sintiera mejor mi abrazo. Sentí el dejarse ir de sus carnes, el baile de su tristeza.

De repente, las sacudidas de su cuerpo se volvieron más bruscas, y el bamboleo de su carne me recordó al de un flan. No sé si es de muy buena amiga pensar en un flan cuando tu amigo se está derrumbando ante ti, pero eso es lo que me pasó por la cabeza en ese momento. Y el movimiento iba a más, y los hipidos eran más histéricos, y en vez de llorar, parecía que Unai, parecía que...

Reía. A carcajada limpia. Se petaba de risa. Se le saltaban las lágrimas.

La abuela Popeye había abandonado su banco de ejercicios y ahora se leía allí una pintada en verde fosfo:

QUEREMOS TIROLINAS

Me eché a reír. Otra vez reímos juntos.

Y entonces sucedió. La segunda cosa mejor que hacer reír a alguien.

90
TIROLINA

Fue en verdad como lanzarse en tirolina.

Recuerdo la primera vez que lo hice. Tenía ocho años recién cumplidos. Las tirolinas eran para niños a partir de ocho. Estaba con mi madre y con mis abuelos. No descarto que mi abuelo recordara todo esto cuando escribió aquella pintada reclamando tirolinas. Dudaban si dejarme subir. Era en un parque junto a la playa. Tenías que tirarte desde muy arriba. Yo le supliqué a mi madre que me dejara, y me puse tan pesada que se rindió. Pero cuando me vi en lo alto de aquella plataforma, no me atrevía a saltar. «¡Salta, Clara!», me gritaba mi madre. Uno de los responsables del parque se ofreció a bajarme. Dos niños se colaron y se tiraron delante de mí. Pero cuando por fin me atreví a saltar, la enésima vez que mi abuelo gritó: «¡A la de una, a la de dos, a la de tres!», entonces...

Fue la felicidad absoluta concentrada en unos segundos. Acababan de poner el mundo para mí.

Así fue besarme con Unai.

No te puedo contar más porque durante esos segundos no pensé en nada, y eso en mi caso es mucho decir. No estuve en otro sitio que ahí, y no sabría decirte si mi mano estaba en la nuca de Unai o en su hombro, o si su cabeza se ladeó a la derecha o a la izquierda. Solo sé que yo era feliz como no lo había sido nunca antes, salvo aquella vez que me deslicé por la tirolina.

Con decirte que cuando llegué a casa, mi padre, el Hombre que Solo Capta Lo Visible me dijo: «A ti te pasa algo», creo que te lo digo todo.

De buena gana le habría respondido: «Claro que me pasa algo, que soy feliz». Pero en vez de eso, le sonreí de oreja a oreja y le di un par de besos con la esperanza de que lo captara él solito.

En aquel momento, momento tirolina, pensé que no se podía ser más feliz.

Aún no había llegado a casa.

91
ABUELOS EN AUTOBÚS

Me vino a buscar mi madre en coche. Le caía de paso de vuelta del cine.

Iba embobada en mi burbuja de felicidad cuando oí que me llegaba un mensaje. Quise que fuera Unai, pero me extrañaba que me mandara un SMS.

Efectivamente, no era Unai.

Era mi abuelo.

Creo que mi abuelo me ha escrito tres mensajes en toda su vida.

El de ese momento decía: «Necesito diez minutos más. Entretén a tu madre». ¿Necesitaba? ¿Para qué?

−¿Qué tal el abuelo? −pregunté a mi madre.

−No me hables del abuelo, hija. Se ha empeñado en cenar con nosotras y ha dicho que no haga nada, que se encarga él de todo. Miedo me da.

Ajá. Así que era eso. El abuelo estaría preparando la cena. Bueno, pues si necesitaba diez minutos más se los daría, claro que sí.

Me puse a rebuscar en mi mochila, que estaba a los pies del asiento.

−¡Oh, no! −exclamé superdramática supersorprendida.

−¿Qué pasa? −preguntó mi madre, que era justo lo que tenía que preguntar.

−Me he dejado un libro.

−¿Y lo necesitas para mañana?

Qué bien. Puede que yo fuera una buena actriz, pero además mi madre era perfecta dándome la réplica. Decía justo lo que necesitaba que dijera.

−Me temo que sí. Lo siento... −dije intentando poner cara de pena. Pero no, lo siento. Por muy buena actriz que sea, ese día era incapaz de fingir pena. Ese día se me salía la felicidad por los bordes de los labios, de los ojos, de las orejas... Era un radiador de felicidad yo.

Dio igual, porque mi madre iba pendiente de los coches. Ella sí bordó la cara de fastidio y cogió la primera calle a la derecha para dar la vuelta. El mosqueo se le pasó de forma fulminante cuando, yendo ya definitivamente a casa, nos paramos junto a un autobús con un anuncio de una residencia de ancianos. En el anuncio, una abuela guapetona decía: «¿Dónde estarías mejor que aquí?». En verde fosfo, con aquella letra inconfundible, la respuesta: «En casa de mi hija, no te jode».

–No te jode –leyó, o dijo, no sé, mi madre en un susurro. Era como si estuviera viendo salir a cinco marcianos verdes de un ovni.

Yo no pude evitar sonreír. Aún me olían las manos a mandarina.

–Lo sabías –me dijo mi madre al ver mi cara–. Tú lo sabías.

No pude negárselo. Le conté cómo lo había descubierto. No le especifiqué que, la vez anterior, la pintada que había visto no decía «en casa de mi hija», sino «en mi casa».

Seguimos el camino y mi madre no parpadeaba y no dejaba de menear la cabeza. Por poco no se da un golpe con el coche de delante.

Al final, cuando estábamos delante de la puerta de nuestro garaje, contemplando meditativamente cómo se abría, me dijo:

–No le digas al abuelo que lo sé.

–Pero –le pregunté– ¿estás enfadada?

Mi madre me miró con una media sonrisa.

–No, pero eso tampoco se lo digas. Todavía menos.

Cómo se complican la vida los adultos. Para que luego digan de los adolescentes.

92
A MESA PUESTA

Lo notamos nada más entrar por la puerta. Llegaba un olor especial. Eran las velas. El abuelo había encendido dos, blancas.
Lo había preparado todo. Había puesto una música suave, una cantante que le gusta: Billie Holiday. Había centrado la mesa, que suele estar ladeada para ver mejor la tele. Había puesto el mantel blanco de hilo de la abuela, el que usa mi madre cuando hay celebraciones, las copas buenas, la vajilla de las fiestas, las velas aquellas...
Los ojillos del abuelo también eran dos velas encendidas cuando nos vio entrar a mi madre y a mí.
–Traes buena cara, moñaca –me dijo–. Espero que también traigas hambre.
Me guiñó un ojo y yo le devolví el guiño. Me habría encantado contarle lo de Unai. Al fin y al cabo, creo que el abuelo ya había espiado la mitad de la historia. Pero aún quería guardarme un poco la otra mitad. Además, estaba mi madre, y aquella mesa...
A mi madre no se le quitaba la cara de ver marcianos. Al revés, parecía que en ese momento acababa de descubrir uno más, y puede que fuera así. Puede que ese hombrecillo que teníamos delante no fuera mi abuelo sino un marciano que le había abducido, porque ¿desde cuándo mi abuelo iba con traje y camisa blanca?
–Sentaos –dijo él. Sonaba como una mezcla de cura, camarero y maestro.
–¿Qué se celebra? –preguntó mi madre saliendo por fin de su empanamiento.
–Ya lo verás –contestó misterioso el abuelo.
–¿Tengo que ponerme el traje largo?
–No estaría mal –dijo el abuelo–. Pero estás bien así, y no quiero que la comida se enfríe.
Mi madre miró la enorme fuente de ensalada que había sobre la mesa. Tomate, lechuga, cebolla y atún. Y aceitunas. Aceitunas negras.

—Oh, sí –comentó mi madre con sorna–. Sería un drama que se enfriara la lechuga iceberg.

Mi abuelo entonces miró la mesa, dio un saltito y salió corriendo a la cocina mientras nos insistía:

—¡Sentaos, sentaos! ¡Y no entréis en la cocina!

Creo que a mi madre casi le da un colapso cuando vio que el abuelo había colgado, entre dos de los cuadros de Masoliver, la lámina de la abuela que habíamos terminado, excepto por aquel polluelo.

—No lo quites, mamá –le susurré, adivinando sus intenciones.

Se oyó un CLING, y un BANG, y un GONG. Mi madre puso cara de horror.

—A saber cómo me estará dejando la cocina –dijo llevándose una mano a la frente y cerrando los ojos.

—¡Ahora voy! –gritó el abuelo desde allí.

Al sentarme, fui a coger la servilleta para ponérmela sobre las rodillas y me di cuenta de que el abuelo, en vez de servilletas, había puesto trozos de papel de cocina.

Se lo enseñé a mi madre con cara de guasa. Ella puso los ojos en blanco y levantó el culo del asiento, dispuesta a coger las servilletas de tela que guardaba en el segundo cajón de la cómoda y que seguramente el abuelo no había sabido encontrar.

Pero antes de terminar de levantarse, cambió de idea. Volvió a sentarse, sonrió y, con mucho teatro, se colocó el trozo de papel en el regazo.

Entonces entró el abuelo. Llevaba una fuente tapada con una de esas tapaderas metálicas redondeadas que salen siempre relucientes en las pelis.

—Perdón por la espera –dijo el abuelo.

—Seguro que habrá merecido la pena –le respondió mi madre, que aún no acababa de creerse que aquel hombre con traje fuera su padre.

—No lo sabes tú bien –contestó el abuelo.

Y destapó la fuente.

93
CROQUETAS

—¡CROQUETAS! –exclamé, y me lancé a comer una.
Me encantan las croquetas, las buenas croquetas. Mi abuela hacía unas croquetas deliciosas. Lo malo es que mi madre no heredó esa habilidad, y creía que mi abuelo tampoco. Sin embargo, aquellas croquetas estaban de muerte.
–He aprovechado que hay aceite nuevo en la freidora –dijo el abuelo, como si necesitara una excusa para hacer las croquetas.
Mi madre seguía mirándolo como si en cualquier momento fuera a arrancarse la piel como una careta y debajo fuera a aparecer un simpático ser verde procedente de Marte.
Sin dejar de mirar al abuelo, alargó la mano, cogió una croqueta y le dio un mordisco.
Masticaba lentamente, cada vez más lentamente. Y entonces cerró los ojos y se quedó así un buen rato, con los ojos cerrados y aquel trozo de croqueta en la boca. De repente, sin hacer ni un gesto de más, le brotaron las lágrimas de los ojos. Era como ver nacer una flor. Las lágrimas recién nacidas se le escurrieron lentamente por las mejillas.
–¿Qué te pasa, mamá? –pregunté asustada.
A mamá seguían naciéndole lágrimas.
–Son suyas, ¿no? –preguntó al abuelo abriendo los ojos.
Yo alcancé mi segunda croqueta.
El abuelo dijo que sí con la cabeza.
Mamá se levantó de la mesa y fue hacia el abuelo, que también se levantó, y se abrazaron llorando y masticando croquetas.
Yo no entendía nada. No podía parar de comer.
Cogí la tercera croqueta.
–¿Se puede saber qué pasa? –pregunté con la boca llena.
Entonces el abuelo, con mi madre aún colgada de su cuello, me lo explicó.

Aquellas croquetas eran de la abuela. No hechas según su receta. Hechas POR la abuela. Las hizo antes de morir. Estaban en casa de la abuela, en el congelador, ese invento imposible que pretende detener el tiempo.

Yo dejé de mover la mandíbula. Sentí en el paladar esa bola cremosa de bechamel, esa textura perfecta con tropezones de sabrosísimo jamón y del ingrediente secreto del que siempre presumía la abuela: el cariño. Tenía el cariño de la abuela dentro. Sonaba una trompeta.

–Me resistía a freírlas. Era lo último que me quedaba de la abuela –dijo el abuelo–. Pero también hay que saber decir adiós.

«Hay que saber decir adiós»... Era la segunda despedida que vivía de cerca, y estaba sucediendo el mismo día que la primera. La primera era la despedida de Unai de su padre, y ahora nuestra despedida de la abuela. ¿Quién dijo que las despedidas tenían que ser tristes?

Billie Holiday cantó *They Can't Take That Away From Me*. Tuve la tentación de traducírselo al abuelo. Puede que ese día acabáramos esas croquetas, pero había tantas cosas de la abuela que iban a quedarse con nosotros para siempre, tantas cosas de ella que nadie, ni la muerte, nos podría quitar... Estábamos mamá y yo, que también éramos como croquetas de la abuela, y tantas otras cosas que mantendríamos en ese congelador nuestro que llamamos memoria.

–¡El champán! –exclamó de repente el abuelo.

Salió pitando a la cocina y mamá volvió a sentarse con los ojos brillantes de lágrimas a la luz de las velas y la sonrisa de quien acaba de firmar la paz mundial. «¡Mierda!», se oyó jurar al abuelo desde la cocina. Y el PAM de la puerta del congelador y más CLING, BANG, GONG. Mamá me miró con aquella sonrisa.

–¿Te acordabas? –me preguntó.

–¿De sus croquetas? –le dije–. Claro. Son las mejores croquetas del universo.

–Sin exagerar –añadió mi madre sin dejar de sonreír.

El abuelo volvió con la botella de champán metida en el cubo rojo de la fregona entre un montón de hielos.

–¡Papá! –exclamó mi madre mirando el cubo.

–Lo siento. Olvidé poner la botella en la nevera. Aún no está frío.

Mi madre hizo otro amago de levantarse de la silla, supongo que para coger la cubitera, pero finalmente se rindió.

—Esperaremos —dijo llevándose otra croqueta a esos labios que, como los míos, no podían dejar de sonreír, pasara lo que pasara.

Comimos las croquetas lentamente, saboreando cada miligramo de su relleno, cada minúscula porción de su crujiente cobertura, con la pena de no ser vacas y tener cuatro estómagos y ocho horas para digerirlas, intercalando las croquetas con picoteos a la ensalada, sacando del congelador de la memoria a la conversación el recuerdo de otras tantas croquetas y anécdotas de la abuela.

De repente, el abuelo señaló con el cuchillo hacia la fuente.

Quedaba una última croqueta.

El abuelo, mamá y yo la miramos y luego nos miramos los tres en silencio.

94
LA COMUNIÓN

El abuelo la cogió y se la llevó a su plato.

Mamá ya iba a abrir la boca para protestar cuando el abuelo cogió cuchillo y tenedor y partió la croqueta en tres trocitos. Él se quedó con una esquina, le pasó a mamá la otra esquina y a mí me dio la parte central.

Luego nos miró, miró la botella de champán y dijo:

–Conchita, no soy digno de que entres en mi casa, pero una croqueta tuya bastará para sanarme.

Eran prácticamente las mismas palabras que se decían en la comunión, que es cuando se supone que Jesucristo entra dentro de ti y todo eso. Yo había hecho la primera comunión y había ido a todas aquellas clases de catequesis, pero nadie me lo había explicado tan bien como el abuelo en ese momento.

Porque la abuela estaba ahí, con nosotros, con mi madre, con mi abuelo y conmigo, en el momento en que nos comimos aquellos trozos de croqueta consagrados por el abuelo.

Y cuando el abuelo terminó de masticar su trozo, se volvió hacia mí y me dijo:

–Clarita, tu abuela era la hostia.

Mi madre dio un respingo, pero al momento se sumó a mis risas y a las carcajadas del abuelo.

Y cogimos la botella del champán del cubo rojo de la fregona y la abrimos, y servimos las copas y miramos el cuadro de los pajaritos flanqueado por los masoliveres y brindamos:

–Por la abuela.

–Por la abuela.

–Por la abuela.

Y mamá añadió:

–Y por el Comando Jubileta.

Y el abuelo la miró asustado, pero mamá le sonrió, y el abuelo se relajó, y entonces yo me acordé de la pintada de QUEREMOS TIROLINAS y del beso con Unai y sentí el olor a mandarina y el sabor a croqueta y pensé que la abuela, que estaría viéndolo todo desde alguna parte, que lo sabría todo, sería testigo de cómo su nieta estaba a punto de reventar de felicidad.

95
QUÉ DIRÁN

Se lo conté esa misma noche. No podía esperar a verle al día siguiente en clase. Dejé a mi madre y a mi abuelo hablando sin que volaran cuchillos por primera vez en mucho tiempo, me fui a mi cuarto y le llamé.
—La hostia... —repitió Unai como un eco cuando le conté lo que había dicho el abuelo.
Casi podía verle sonreír a través del teléfono.
—Hasta mañana, Garza.
—Hasta mañana, Garzón —nos despedimos.
Y me lancé en tirolina a la cama.
Al día siguiente, cuando llegué al colegio con Pinilla y Zaera, Magda nos recibió con la noticia que ya sabía:
—¿Sabéis cómo murió de verdad el padre de Unai?
Unai lo había contado nada más llegar. Iba a ser su última versión, la verdadera.
Estaba deseando verlo, y ya me lo imaginaba con un jersey blanco, con sus pestañas más pobladas que México DF, su sonrisa para mí, en medio de todo el mundo... Y entonces lo vi como lo veía todo el mundo: con su jersey negro, gordo.
Lo confieso. Quería lanzarme a sus brazos, salir disparada hacia su cuerpo como cuando me levantó del peldaño de aquel portal, pero de pronto... me dio vergüenza.
Y comprendí por qué me había gustado tanto Lucas. Ya sabía que había algo más, pero hasta entonces no me había dado cuenta, no había sabido distinguirlo. No es solo que Lucas fuera tan guapo; era lo que provocaba alrededor, lo que suponía ir con él. Unai me había hablado de que lo peor cuando murió su padre fue la pena alrededor. Pues lo mejor de estar con Lucas no era estar con Lucas, sino las miradas alrededor: el reconocimiento, la simpatía, incluso la envidia alrededor. Todo eso iba en un *pack* cuando salías con el chico más guapo de la clase, y no negaré que resultaba agradable.

Salir con Unai... Salir con Unai era distinto. Estar con él era un millón de veces mejor que estar con Lucas, pero Unai no era un chicle a la salida del hipermercado. No era «lo veo, lo quiero». Para quererlo no bastaba con ver su envoltorio XXL, y no todo el mundo lo desenvolvía.

Por todo eso, y porque soy imbécil, cuando Unai vino hacia mí con aquella sonrisa, le sonreí nerviosa e intenté llevarle a un sitio más apartado. Lo malo es que Unai no es imbécil como yo. Unai es muy listo, y aunque disimuló y aunque seguimos comiéndonos con los ojos, sé que él vio cómo yo, de vez en cuando, miraba de reojo, miraba si nos miraban.

Ese día, cuando llegué a casa, más enfadada conmigo que nunca, intenté olvidar todas mis miradas de reojo y distraerme contando al abuelo lo del padre de Unai, lo de cómo había muerto de verdad y cómo su mujer había ocultado las circunstancias del accidente.

Cuando acabé de contárselo, el abuelo soltó:

—Lo que se complica la vida la gente por el qué dirán. ¡Que digan misa!

Se refería a la madre de Unai, claro, pero yo, que esa mañana había estrellado mi tirolina contra la pared de cemento del qué dirán, me sentí acusada.

—¡Mira quién fue a hablar! —me revolví enfadada—. El que no quería que mamá se enterara de lo de las pintadas, el que no se atrevía a contarle lo del banco... ¡A ti no te daba igual lo que dijera mamá!

El abuelo me miró con cara de «cuánto te queda por aprender, pequeño saltamontes» y me explicó sin alterarse:

—Pues claro, moñaca. Claro que no me da igual. Pero una cosa es lo que diga tu madre, lo que dice la gente que te importa, eso que llaman los «seres queridos», y otra cosa es lo que diga el resto, la tropa. A mí lo que diga la tropa me la refanfinfla.

Me levanté de un salto del sofá, di un beso al maestro y salí corriendo de casa sin coger una chaqueta. Ni siquiera cogí el teléfono.

—¡Vuelvo enseguida!

96
QUÉ DIJO PINILLA

Atravesé corriendo el trozo de jardín que separaba mi portal del de Pinilla. Llamé al interfono y subí las escaleras de dos en dos por no esperar al ascensor. Cuando llegué a casa de Pinilla, me abrió Teo, su padre.
–¡Pasa, Clara! María está en su cuarto.
–¡Hola, Clara! –me saludó en el pasillo su hermano Nicolás.
Me encontré a Pinilla bolígrafo en mano haciendo lo que debería estar haciendo yo: estudiar.
–¿Qué pasa, Luján? –me preguntó, sorprendida porque hubiera aparecido sin avisar.
–Unai y yo... –le solté a bocajarro. Llegaba casi sin aliento de la carrera. No supe cómo seguir–. Unai y yo... –repetí.
Pinilla me miró con las cejas levantadas y cara de chufla.
–Ya lo sé, boba.
–¿¿Cómo??
–Hija, está claro. No hay más que ver la cara de tonta que se te pone cuando lo miras... Y él...
–Él, ¿qué? –la interrumpí, impaciente.
Pinilla parecía disfrutar de mi impaciencia.
–A él... a él se le ve feliz.
La sola posibilidad de que fuera yo quien hacía feliz a Unai hizo crecer mis pulmones y mi corazón un 20%. Me expandí como un gas.
–¿Y...? –le pregunté.
–¿Y qué?
–Que qué te parece.
Pinilla dejó el boli sobre la mesa y sonrió.
–Me encanta.
No me hacía falta tener un espejo delante para saber que en ese momento yo ya estaba sonriendo como una boba.

—Me alegro mucho —insistió Pinilla—. Sobre todo por ti.
Le di dos besos y fui rápidamente hacia la puerta.
—¡Luján! —me paró Pinilla.
—¿Qué?
—¿Qué querías?
—Nada. Solo eso —respondí, y salí corriendo de vuelta a casa con aquel fantástico «qué dirán» de un «ser querido» bajo el brazo.

97
EL MAL CARTERO

Cuando llegué a casa, me abalancé sobre el móvil esperando, deseando, suplicando tener un mensaje de Unai porque quería de alguna forma, por escrito, como fuera, compensarle por mi frialdad de la mañana.

Pero entonces la que se quedó helada fui yo. Tenía un mensaje, sí, pero no de Unai. Era de Lucas, y decía: **Ya sé lo que le pasó al padre de Unai.**

En vez de responderle con otro wasap, lo llamé enfurecida y cargué contra él, aunque en realidad con quien seguía enfadada era conmigo misma. Hay que ver qué mal cartero es el enfado. La cantidad de veces que se equivoca de destinatario...

–¿Y ahora a qué viene esto? ¿Eh? –le dije de mal humor.

–Pensé que querrías saberlo. Como me lo preguntaste...

Recordé ese café imaginario entre el padre de Unai y el padre de Lucas, y cuando escribí a Lucas preguntándole y me respondió Natalia y me llamó loca y... Oh, sí. Habría preferido olvidar eso, pero lo recordaba.

–¡A buenas horas! –le solté. ¿De qué me servía ahora que me repitiera lo que Unai había contado ya a todo el mundo?

–No tenía ni idea... –dijo Lucas. Sonaba serio.

–Bueno, pues ahora ya lo sabes. Lo sabe todo el mundo –dije, dispuesta a colgar.

–No, espera. No creo que lo sepas todo. No sé ni si lo sabe Unai –insistió Lucas–. Mi padre estuvo en aquella cena.

Me quedé con la boca abierta.

Entonces Lucas me contó lo que acababa de averiguar. Fue al llegar a casa y contarle a su padre la versión definitiva que acababa de revelarnos Unai.

El padre de Lucas y el padre de Unai eran compañeros de hospital y amigos. Fueron juntos a esa cena, pero el padre de Lucas volvió antes a casa. Según le contó a Lucas, durante mucho tiempo se sintió fatal por ello. Seguro que su invento imposible ideal era una máquina del tiempo que le permitiera volver a ese momento y decirle a su amigo: «Vamos, Unai. Ya te llevo yo a casa. Mañana vienes a por el coche».

Al padre de Lucas le costó perdonarse a sí mismo. Tampoco la madre de Unai pudo perdonárselo. Era irracional. El padre de Lucas no tenía la culpa de lo que había pasado y posiblemente tampoco habría podido evitarlo, pero la madre de Unai dejó de hablarle. Cuando Lucas me lo contaba, me acordé de las palabras de mi abuelo. «Supongo que es más fácil cabrearse conmigo que con la vida», dijo hablando de mi madre. Supongo que a la madre de Unai también le resultaría más fácil enfadarse con un vivo que con un muerto. Supongo que Lucas y Unai no eran más que hojas que flotaban en esa corriente de odio subterráneo con destinatario equivocado (el destinatario correcto pertenecía a la casilla de «ausente o fallecido»), y que por eso siempre se habían llevado mal. El mal cartero...

—No sabes cuánto lo siento —me dijo Lucas, que acababa de heredar un trocito del peso de la culpa de su padre.

—No tienes que sentirte mal por Unai —le dije.

En ese momento imaginé que sonreía, y no me pasó NADA. No dejé de pensar, no se me cortocircuitaron las neuronas, no morí instantáneamente de amor. Lo único que pensé fue que Lucas tenía una sonrisa desarmante, sí, y un cuerpo lleno de músculos, pero por encima de todo, si había algo que distinguía a Lucas y a Unai, era que Lucas tenía un padre. Me alegré por él.

—Adiós, Lucas —me despedí.

«Hay que saber decir adiós», dijo mi abuelo. Qué gran verdad. Si algo había aprendido desde que estrené aquel gloss que pretendía ser una trampa para moscas, es que hay que saber decir adiós, pero no solo a los muertos. Por encima de todo, hay que saber decir adiós a los vivos que no nos hacen felices y a los que no podemos hacer felices. Lo demás es hacer el imbécil. Lo demás son telarañas.

98
DUELOS Y MÁS CROQUETAS

–¡Ah! –dije justo antes de colgar.
–¿Sí?
No es que Lucas fuera un ser querido ni que me importara su opinión, pero precisamente por eso, porque Lucas era «tropa», quise decírselo.
–Unai y yo...
Pero me pasó lo mismo que con Pinilla. Unai y yo, ¿qué?
–Unai y yo... –repetí–. ¿Tú sabes que Unai y yo...? –volví a intentarlo.
–¿Que sois muy amigos? –dijo Lucas.
–Muy muy amigos –dije yo.
–Sí, claro, ¿por qué te crees que te he contado a ti todo esto? Prefiero que seas tú quien se lo diga a él.
Lo sabía. Hasta Lucas lo sabía.
Definitivamente, soy tonta.
Tardé un segundo en llamar a Unai para contárselo (no contarle que yo era tonta, sino lo de Lucas y su padre).
Unai se quedó un rato en silencio.
–Quiero hablar con el padre de Lucas –dijo al final con decisión.
Al momento me los imaginé juntos, vestidos de época, espalda contra espalda, con camisas blancas con chorreras y una pistola antigua en la mano cada uno, empezando a dar pasos, alejándose el uno del otro en un duelo que prometía ser sangriento.
–¡No, Unai! ¡No lo hagas! –grité asustada.
–¿El qué? –preguntó Unai–. ¿Hablar con él?
Hacía tanto que no tenía una fantasía que había olvidado que mis fantasías son solo mías y que los demás no están en mi cabeza.
–¡Él no tuvo la culpa! –exclamé, convencida de que Unai quería hablar con él, si no para retarle, para vengar de alguna forma a su padre.

–Ya lo sé –dijo Unai con esa tranquilidad suya–. Me gustaría que me contara cosas de mi padre. No sé, igual hasta guarda alguna foto en la que sale él. Lo que me recuerda...

Y se calló.

–¿Qué?

–Nada nada –me dijo–. Ya lo verás. Es una sorpresa.

Lo que no sabía entonces Unai es que la sorpresa se la iba a llevar él.

En cuanto la descubrió me mandó un mensaje.

¡¡¡¡CROQUETAS!!!!

Y yo: ¿????

Y él: **HE ENCONTRADO MIS CROQUETAS.**

Y otro mensaje: **Ven pronto mañana.**

Y otro: **Te espero en la morera.**

Y otro: **Te quiero**

A mí me dio un vuelco el corazón.

Y otro: **ver a primera hora.**

Pero lo había dicho.

Y otro: **¡¡¡¡NO TARDES!!!!**

Las mayúsculas, las exclamaciones, ese «te quiero / ver» entrecortado... Prácticamente veía a Unai tirándose en tirolina. Hacia mí.

Al día siguiente, temprano, llegaría en tirolina a la morera donde cogíamos hojas para los gusanos de seda cuando éramos pequeños. Y cuando empezaran a llegar los demás, los seres queridos y la tropa, nada me apartaría ya de Unai. Me la refanfinflaba lo que dijeran.

Escribí a Pinilla:

Mañana no me esperes para ir juntas.

Saldré antes. He quedado con Unai.

Pinilla escribió:

99
DESPEDIDA

En mi móvil, catorce wasaps del Hombre Tranquilo, doce llamadas, cuatro SMS... Todos enviados antes de que sonara el timbre de entrada en clase. Después del timbre, otros tantos mensajes y llamadas.

Supe sin necesidad de que nadie me lo dijera –¿es así como saben las cosas las personas que han muerto?– lo que Unai estaría pensando: que pasaba de él.

Nada más lejos de la realidad.

La realidad es que él era muy importante para mí. Lo supe con ABSOLUTA seguridad bastante antes de que sonara el timbre, en un paso de cebra, camino de la morera, en esos dos o tres segundos en que se concentró el tiempo y estuve

por segunda vez de la mano de mi padre y de mi madre bajo la cascada del bosque,

con una azada en la mano que pesaba más que yo sacando patatas en la huerta de los tíos en el pueblo,

montada en mi bicicleta roja girando la cabeza para descubrir que papá ya no me sujetaba,

sentada en el sofá de cuadros escuchando a mis padres darme La Noticia,

embadurnada en vinagre después de haber caído en un ortigal,

salpicando a Pinilla y a Magda con el agua de un aspersor,

encerrada en el cuarto de baño a oscuras llorando,

delante de la pizarra con la señorita Yolanda,

saltando de cama en cama en Ikea eligiendo el cuarto para casa de papá,

montada en la tirolina de la playa,

mirando la pelota sobre la red que se debatía entre caer a un lado o a otro, escuchando *Nessun dorma* en un coche gris conducido por mi padre mientras el sol se ponía sobre una carretera francesa flanqueada por plátanos,

arrastrando a Pinilla fuera del Maracaná vestidas de Minnie y Daisy como quien arrastra a un ahogado fuera de la piscina,

arropando a la abuela enferma con la colcha de ganchillo,

corriendo en un bosque bajo la sombra de un halcón,

bailando con Unai (esto lo viví por primera vez porque no había pasado, pero ahí estaba aquel falso recuerdo, enredado entre los verdaderos),

besando a Unai delante de una pintada verde,

brindando por mi abuela con mi madre y el abuelo ante una fuente vacía de croquetas y un cubo de fregona rojo lleno de hielos...

Unai estaba ahí, entre los *greatest hits* de mi vida, cuando podía perderla.

Yo no pasaba de Unai. Era solo que había pasado por encima de un coche. Acababa de aprender otro significado doloroso de «despedida»: salir despedida.

Claro que quería coger el teléfono, responder los mensajes de Unai, pero en un hospital las urgencias son otras.

100
DESPERTAR

–Ya era hora. He visto lirones que duermen menos.
Fue lo primero que oí.
Ante mis ojos, como recién salidos de una caja sorpresa impulsados por un resorte hiperelástico, aparecieron las caras de mi abuelo y de mi madre.
–¡Clara! –exclamó mi madre en un susurro, como si al nombrarme me estuviera dando la vida por segunda vez. Luego se echó a llorar.
Estaba en la cama del hospital.
Al ver llorar a mi madre, me pregunté hasta qué punto aquel golpe habría dejado huella en mí. Dudaba que fuera a sacar nada bello. Hasta donde podía recordar, me había atropellado un coche, no Miguel Ángel. Por un momento temí haber quedado como una escultura de esas clásicas, sin brazos, sin una pierna...
–¿Estoy bien? –susurré, y yo misma me asusté de haber reunido el valor para hacer esa pregunta en voz alta.
Mi madre lloró más fuerte.
Pero no era para tanto.
Tuve suerte, mucha suerte. Solo tendría que andar un tiempo con muletas.
–¿Mi móvil? –pregunté después de que me contaran todos los detalles del accidente, de la mujer que me atropelló y de la operación que acababan de hacerme en la pierna izquierda.
–Ahí lo tienes –dijo mi madre señalando hacia la mesilla–. Ha tenido mejor suerte que tú. Ni un rasguño. No ha dejado de sonar.
–¿Me lo acercas? Y los cascos, porfa. Tienen que estar en el bolsillo de la mochila.
Mi madre los sacó dando pequeños tirones, y los cascos fueron desenredándose de los bolis, las horquillas y el resto de zarrios que anidaban en mi mochila.

—Clara... —me dijo mi madre, y me dio tal abrazo que pensé que me tendrían que llevar de vuelta al quirófano para recomponerme otros tantos huesos partidos.

Cuando por fin me soltó, tenía los ojos llorosos.

—Dentro de poco vendrá tu padre —me dijo, y se acercó a la puerta con el bolso en la mano—. ¿Quieres algo? ¿Te traigo una revista?

—A mí sí —se me adelantó el abuelo. Tenía *Tartarín de Tarascón* en el regazo, pero le pidió a mi madre que le comprara el periódico.

Luego se hurgó en el bolsillo del pantalón y sacó un monedero pequeño.

—Anda, anda... —dijo mi madre, y salió corriendo de la habitación.

—La ponen nerviosa los hospitales —me explicó el abuelo—. Necesita excusas para largarse de vez en cuando. No vuelvas a traerla aquí, moñaca.

El abuelo volvió a su lectura y yo me puse los cascos.

Cerré los ojos.

Cuando los abrí, al sentir movimiento cerca, tuve la extraña sensación de volver a ver a mi madre sin que fuera mi madre: la misma mirada, el mismo gesto en los labios... Pero no, sin duda era un espejismo, una fantasía de esas mías, porque era imposible que fuera Unai. Unai nunca se saltaría una clase, Unai no se parece en nada a mi madre, y aquel Unai era igual.

101
TORTOLITIS

Supongo que lo que hacía que viera tan falsamente parecidos a mi madre y Unai, como un chino a otro chino, no era tanto la perspectiva de mirarle desde abajo, yo tumbada en la cama y él de pie junto a mí, sino que los dos llevaban puesta la misma careta, la careta de la preocupación. No tardé en quitársela contándole los pocos detalles que le faltaban por saber. Mi madre ya le había contado casi todo cuando le cogió el teléfono. Al hablarle de la conductora que me había atropellado, me preguntó:

—¿No iría...? —no se atrevió a terminar la pregunta.

—¿Borracha? Qué va. Iba leyendo algo en el móvil.

El abuelo, sentado en un rincón, levantó la vista de su libro y dijo:

—Desde el *Quijote* que lo llevan diciendo y la gente no se entera. Que leer es peligroso... —y volvió a su libro.

A Unai se le cayó la sonrisa sobre mí.

Nos quedamos mirando a los ojos, sonriendo los dos, sin saber bien qué decir, tontos tontísimos. De pronto, a Unai se le escapó la mirada hacia mi pierna escayolada.

—Así mal vamos a bailar —me dijo.

—Serán solo unos días —le respondí.

Me di cuenta de que se me había quedado el muslo al descubierto y estiré como pude la sábana para taparme.

—Es una pena. Ahora tendré que imaginármelas.

—¿El qué?

—Tus piernas —habló en voz baja como para que no le oyera el abuelo.

—Es solo una —dije pensando en la pierna escayolada.

—Sí, solo una —repitió Unai.

El abuelo resopló y entonces le vi poner los ojos en blanco y cerrar el libro.

–Chicos, ya estoy mayor para esto –dijo, y se levantó–. Hala, majos, hasta luego.

Cuando cerró la puerta, Unai me susurró:

–Hola, Garza.

Y yo le dije en voz igual de baja:

–Hola, Garzón.

De repente, Unai pareció recordar algo. Echó mano a su mochila, buscó, sacó un sobre y me lo pasó.

–¿Qué es? –le dije, aunque estaba a punto de averiguarlo yo solita.

–Mi croqueta.

102
CROQUETAS DE TINTA AZUL

Era una foto. Dos niños con ¿su padre? en la playa, junto a la orilla. Una ola rompía justo detrás de ellos. Los tres iban en traje de baño, los tres estaban morenos, los tres sonreían. El hombre de la foto era muy alto. Era tan alto que casi no cabía dentro de la foto. La cabeza estaba entera, pero parte del pelo quedaba fuera. Era alto, grande y guapo. Llevaba un niño a cada lado, uno en cada mano. Delante de ellos había un castillo de arena con un foso alrededor y conchas y caracolas por almenas. Los niños se parecían a su padre. Los niños se parecían entre sí. El niño de la izquierda, el más alto, tenía una herida en la rodilla. El niño de la derecha, el pequeño, podía ser que la tuviera, pero era imposible saberlo. Estaba todo rebozado en arena, como una croqueta.

–Clara, te presento a Héctor. Héctor, te presento a Clara –me dijo Unai señalando al niño de la herida en la rodilla.

–Sí que os parecéis –admití–. Y tú pareces una croqueta, sí.

–No es eso –me interrumpió Unai–. Mira.

Me cogió la foto de la mano, le dio la vuelta y me la volvió a dar.

Alguien había escrito con letra cuidada y tinta azul: «Esta mañana vino una caracola a robar la sonrisa de Héctor y una sardinilla quiso robársela a Unai, pero como a ninguna de las dos les cabía, ¡los hermanos Hernán han logrado conservarlas! No puedo garantizar qué sucederá si la próxima en intentar robárselas es una ballena. ¡Habrá que andarse con ojo!».

–Escribió detrás de cada foto –me explicó Unai–. A veces se inventaba un pequeño cuento, otras veces era como un chiste, o unos versos graciosos, o ponía una sola frase, casi siempre entre exclamaciones. Mi madre no lo sabía. No lo sabía nadie. Era mi padre quien se encargaba de hacer los álbumes. Lo descubrí cuando arranqué la foto para enseñártela.

Di otra vez la vuelta a la foto.

—Es preciosa —dije.

—¿Te das cuenta, Clara? Es como las croquetas de tu abuela.

Aquellas palabras, las palabras que había escrito el padre de Unai, habían permanecido congeladas durante años, y ahora que habían salido de ese álbum congelador para despedirse definitivamente de Unai, sonaban tan frescas como recién escritas.

—Anoche, cuando se las enseñé a mi madre, me dijo que, al leerlas, era como si se las estuviera oyendo decir a mi padre. Hacía años que no era capaz de oír su voz, y eso que, según me contó, la voz de mi padre estuvo resonando en su cabeza durante mucho tiempo después de que se fuera. Dice que fue lo último que quedó de él. Tendrías que haber visto cómo sonreía mi madre ayer viendo las fotos y leyendo las tontadas que escribió mi padre.

Pero no me hacía falta. Era como si la hubiera visto. Me bastaba recordar la cara de mi madre cuando comió el último trozo de croqueta de la abuela.

Eché de menos un cubo de fregona con una botella de champán para poder brindar por el padre de Unai, pero solo teníamos una botella de agua mineral de dos litros y dos vasos de plástico blancos, a juego con las paredes del hospital, las sábanas de la cama, mi camisón, mi escayola... Todo blanco. Y fue entonces cuando vi, debajo del chándal de Unai, que los vasos también hacían juego con el cuello de su camiseta.

103
CANCIONES

Unai se sentó en una banqueta a mi lado y siguió hablándome de las fotos y los textos de su padre.
—Tienes que verlos —me dijo.
—Los veré.
Se hizo un silencio que —noticia— no se me hizo incómodo. Durante ese silencio pensé qué quedaría de mí cuando ya no estuviera, cuáles serían mis croquetas. Pero aún no tenía respuesta. Unai me sacó de mis pensamientos.
—¿Qué escuchabas? —me preguntó señalando los cascos, y alargó la mano para cogerlos.
Rápidamente intenté recordar qué sonaba cuando abrí los ojos y vi a ese Unai con la cara de mi madre. En realidad lo que quería no era tanto saber qué canción sonaba, sino cómo de colorada debía ponerme porque me descubriera escuchándola, porque últimamente no hacía más que escuchar canciones cursis cursilísimas. Pero no. Esta vez no iba a avergonzarme. Lo que sonaba entonces le gustaba también a Unai. No solo le gustaba, sino que se sabía la canción de memoria. Lo supe en cuanto le oí cantar: «Scar tissue that I wish you saw. Sarcastic Mister Know-It-All. Close your eyes and I'll kiss you cause...». Y entonces también supe por qué Pinilla me había preguntado si le había oído cantar. Le pasaba como cuando bailaba. Se olvidaba de todo. Se olvidaba de que yo no estaba oyendo la canción, las guitarras, la batería... Se olvidaba de que yo solo le oía cantar a él. Se olvidaba del hospital, de la cama vacía junto a la mía, de mi gotero, del sobre con la foto que se había quedado sobre la sábana... Solo cantaba. En ese momento vivía en la música. Era como ver a un pájaro desplegar sus alas, desplegar toda su belleza, y volar: estaba hecho para eso.

La segunda vez que cantó ese trozo de canción, yo cerré los ojos, porque es lo que él había cantado, «close your eyes», y esperé que cumpliera lo que acababa de prometer, que me besaría, «and I'll kiss you», pero el beso no llegaba, y yo seguía tumbada en la cama, con los ojos cerrados, como una bella durmiente confundida de cuento, vigilada por el gigante en lugar de los siete enanitos. Mi gigante dejó de susurrar en falsete «with the birds I'll share this lonely view» y empezó a imitar la guitarra que sonaba al final de la canción mientras yo seguía con los ojos cerrados. Y de repente, dejó de cantar. Calculé que la canción habría terminado y que ya habría empezado la siguiente. Tenía la música en modo aleatorio y no tenía ni idea de cuál sería la canción que estaría sonando. Entonces abrí los ojos y vi que Unai tenía los ojos cerrados. ¿Desde cuándo? ¿Los habría cerrado a la vez que yo esperando que fuera yo quien le besara?

Era imposible adivinar qué escuchaba. No movía la cabeza, no hacía ningún gesto, estaba quieto como una estatua, respiraba lento.

Le quité el casco de una oreja, él dio un respingo pero no abrió los ojos. Sonrió un poco.

Lo que sonaba era Adele. *Make You Feel My Love*.

Y lo besé.

104
MI CROQUETA

Mentiría si dijera que me abandoné a ese beso como lo hice en el parque, en aquel único banco confiable pintado por mi abuelo. Hazte cargo. Me tiraba el gotero del brazo, sentía el contrapeso de la escayola, me costaba estar así, girada hacia un lado, y encima notaba un tacto extraño bajo mi cuerpo. Al principio lo achaqué a la anestesia, pero qué va.

Era la foto.

Se había quedado aprisionada al girarme y la estaba chafando sin querer.

—¡La foto! —exclamé soltando a Unai y enseñándosela—. La he arrugado...

Fue decir «arrugado» y pensar en lo que le había contado de cómo Lucas me había arrugado el corazón y cómo ya nada podría alisármelo. Unai debió de acordarse de lo mismo, porque lo que hizo fue coger la foto, dejarla sobre la mesilla y decirme:

—Arrúgame el corazón.

Pero en ese momento, en ese instante en que mi corazón se transformó en una esponja y sonaba la canción perfecta por mi oreja derecha, en ese momento de película en que era como si no hubiera gotero que tirara ni escayola que pesara, en ese momento perfecto que sin duda iba a pasar a la lista de *greatest hits* que recordar cuando fuera a morirme de verdad, en ese momento... oí, por encima de la voz de Adele diciendo por mí que «there's nothing that I wouldn't do to make you feel my love», oí, mejor dicho, oímos:

—Jodó con los tortolitos. El cerebro. Se les ha arrugado el cerebro.

El abuelo había entrado a coger su libro y se ve que lo había hecho cuando estábamos con los cascos puestos, los ojos cerrados y la vida en el beso. (Y menos mal que el abuelo no está leyendo esto, porque volvería a horrorizarse de nuestra cursilería).

Unai y yo nos volvimos hacia él.

—Seguid, seguid. Si yo ya me iba.

Y se fue, y nos echamos a reír, juntos, y nos besamos, y volamos, y entonces, toc, toc, se abrió la puerta y eran Pinilla y Zaera en chándal, saltándose la clase de Educación Física para verme, y Unai se retiró para que no nos vieran besándonos, y fui yo y le cogí del cuello porque me daba igual quién estuviera, que yo solo quería seguir besándolo hasta que, ejem, ejem, me giré y detrás de Pinilla y Zaera estaban mis padres, los dos.

Pero prueba a detener una tirolina, ordena a un pájaro que interrumpa el vuelo, para a alguien que ya se ha lanzado al agua y está en el aire...

Por cierto, retiro aquello que retiré. Quédate con mi primer consejo. Olvida lo de quedarte en la orilla. Tenía razón al principio: cuando tienes delante la posibilidad de ser feliz, hay que lanzarse de cabeza, zambullirse sin miedo, perder el traje de baño al tirarse, empaparse el pelo, irritarse los ojos, tragar agua si hace falta, apurar hasta quedarte casi sin aire...

Pero espera. No te lances aún. Quizá te convendría hacer la digestión.

Al fin y al cabo, acabas de terminar de comer. Te acabas de zampar 231 páginas de croquetas.

Ahora ya lo sé. Esto es lo que quiero que quede de mí. Esta novela es –será– mi croqueta.

¡Que aproveche!